|PARIS

ARTHÈME FAYARD, LIBRAIRE-ÉDITEUR, 49, RUE DES NOYERS,

LES

MYSTÈRES DE L'EXPOSITION

OU

LES AMOURS INSENSÉES

PAR

JULES BOULABERT

PREMIÈRE PARTIE

L'EXPOSITION ET LES EXPOSANTS

> Que les faits se passent ici ou là ; au palais de l'Industrie ou au palais du Champ de Mars ; en 1855, 1867 ou 1879 ; que nous importe ? Nous n'entendons rien en chronologie, et prétendons ne pas parler d'architecture.

I

Paris entier, se préparant à un grand évènement, tous les esprits étaient sérieusement dominés par de graves préoccupations. Dans quelques jours l'exposition universelle devait ouvrir, et l'on disait que cette exposition qui allait bientôt mettre tant de merveilles sous les yeux de ses admirateurs, serait-elle même une merveille du genre.

Des travaux d'une importance réelle avaient été entrepris pour ajouter encore au grandiose de cet évènement solennel.

La presse avec ces mille organes ; la renommée avec ses innombrables voix avaient annoncé, commenté, fêté, carressé, choyé cette grande fête, qui devait réunir des représentants de tous les peuples civilisés!

Le commerce et l'industrie parisiens étaient à l'œuvre, ne s'agissait-il pas, pour eux, de soutenir l'éclat de leur brillante réputation ?

Enfin, tous les cerveaux étaient remplis d'enthousiasme, beaucoup d'entre eux faisaient déjà des rêves d'or, et comptaient d'avance les bénéfices qu'ils devaient réaliser, grâce à l'Exposition.

Les commerçants, surtout les maîtres d'hôtel, (que l'hôtel fût bouge ou palais), s'occupaient avec une intrépide émulation de nettoyer, laver, débarbouiller ou colorier le vieux Paris,

Celui-ci semblait faire peau neuve.

Les façades devenaient, à force de lessivage, d'une blancheur immaculée.

Les enseignes étaient restaurées.

Des annonces gigantesques, de toutes formes et de toutes couleurs, faites comme sous le souffle d'un génie réparateur, avaient pour mission de voiler les irrégularités des pignons peu gracieux ou des murs décrépits.

(Un peu de poudre ne fait jamais de mal, jetée à propos aux yeux du public et surtout des étrangers.)

Le tout se faisait comme par enchantement, et la population parisienne semblait déjà plus nombreuse et plus active.

II

UN ENTREPRENEUR MILLIONNAIRE. — PREMIER AMOUR INSENSÉ.

M. Léonard Guillaume avait cinquante cinq ans bien sonnés. A quinze ans près, il ne paraissait pas son âge. Grand, sans embompoint ridicule, bien proportionné, marchant fièrement et la tête haute, il avait plus d'une fois ; et, avec une certaine satisfaction, entendu dire aux commères de son quartier :

Quel bel homme que ce M. Guillaume! il est bâti comme le pont neuf, et vivra, bien certainement, cent cinquante ans, s'il ne lui arrive aucun accident.

Est-ce que les accidents et les attaques d'apoplexie ne sont pas faits exprès pour tuer ces hommes *bâtis* de pierre et de granit?

S'il n'en était ainsi que diraient les héritiers de ces colosses? ils n'auraient plus qu'à songer à mourir eux-mêmes à l'hôpital. Dieu à donc bien fait, en inventant les accidents qui tuent et les attaques d'apoplexie qui foudroient.

La figure et la physionomie de M. Guillaume n'avaient rien de remarquable. Des traits assez réguliers, un teint aussi fleuri que celui d'un chanoine au temps de la dîme, des yeux sans éclat, un front qui, par son développement, ne semblait devoir abriter que des idées très-ordinaires, c'était tout. M. Guillaume avait encore toutes ses dents et tous ses cheveux : par un éternel sourire, il faisait continuellement voir les premières; comme il teignait les seconds, personne ne supposait qu'ils étaient couleur *poivre et sel.* Léonard ne portait pas un poil de barbe, tous les jours, à sept heures du matin, il était méticuleusement rasé:

En un mot, il avait un grand soin de sa personne, s'habillait bien, grâce au bon goût d'un *tailleur artiste,*—ce qui n'est pas toujours synonyme de tailleur à la mode, — il portait du linge magnifique et des chapeaux frais et était invariablement ganté et chaussé que c'était merveille.

On va supposer de suite que M. Guillaume avait encore des prétentions, bien certainement qu'il en avait ; et, pourquoi pas?

Il était veuf depuis longtemps, n'avait qu'une fille charmante, dont il s'était toujours fort peu occupé, et les bonnes fortunes ne lui ayant jamais fait défaut, il ne désespérait nullement d'en rencontrer encore.

De caractère, M. Guillaume n'était surtout qu'*entêté*, mais, dam ! il l'était. C'était sans doute à cet entêtement, devenant une persévérence de tous les instants, qu'il devait sa position; cette position était magnifique.

Qu'on en juge :

Léonard Guillaume était de ces rares mortels, qui, autrefois, s'il faut en croire la légende, sont arrivés à Paris en sabots, absolument comme se battait le fameux bataillon de la Moselle.

A l'époque indéterminée où nous le présentons, Léonard Guillaume était entrepreneur-banquier armateur, propriétaire; il avait des fonds dans toutes les affaires ; possédait, avec des projets de spéculation, des terrains dans tous les arrondissements de Paris. On estimait, *au bas mot*, sa fortune à vingt-millions : un joli denier !

Tout cela, Guillanme le devait en grande partie à son entêtement; la chance, le hasard s'en étaient peut-être un peu mêlés : toujours est-il, qu'on en conviendra, les défauts sont quelquefois bons à quelque chose.

Il était onze heures du matin, notre millionnaire se promenait dans son cabinet.

Ce jour là, et contre son éternelle habitude ; M. Guillaume ne souriait pas. Il avait, au contraire ; le front soucieux, les sourcils froncés et l'air morose,

A le voir. on eut été tenté de le croire méchant; et c'était le meilleur *pâte d'homme* que M. Guillaume. Sa bonté, sa stricte probité étaient proverbiales, en supposant qu'il y ait quelque chose de proverbiale dans une ville comme Paris; ou souvent, on ne se connait pas entre voisins.

Les mains derrière le dos, il se promenait donc gravement dans la longueur de son cabinet. Il allait, se parlant à lui-même à haute voix, comme font souvent les gens gravement préoccupés, sans réfléchir qu'une oreille indiscrète pouvait l'entendre d'une bibliothèque, qui n'était séparée de l'endroit ou il se trouvait que par une portière en velours.

Cependant ce qu'il se disait était asse important pour être tenu secret.

Écoutons-le *monologuer* :

Diable d'exposition ! se disait-il, faut-il qu'elle ouvre dans huit jours...? Serais-je jamais prêt? pourtant, pour l'honneur de ma maison, il faut que j'y figure dès le premier jour. Mais aussi, que n'ai-je pas à y envoyer ? n'est-ce pas folie que d'entreprendre tant de choses? o! mes machines ! machines à vapeur, machines à labourer, à herser, à balayer, à briser le macadam ; machines à battre, machines à coudre et les autres... je le répète, je voudrais vous voir à tous les diables des cinq cents diables!... et cela, parce que vous devez toutes me représenter à l'exposition....

L'entrepreneur s'enfonçait à fond de train dans la plus noire ingratitude.

Il maudissait ces machines et le grand art de la mécanique, qui avaient fait sa fortune, lui avaient procuré cent brevets et, la croix de la Légion d'honneur ; car, n'en déplaise à personne, M. Guillaume était décoré. Où était le mal ?

Dans son exaspération, le riche industriel devait pousser encore plus loin le délit de lèse-reconnaissance.

Il reprit :

— C'est un supplice que d'y penser à toutes. ces machines, il faut m'en occuper le jour ; la nuit j'en rêve. dans mes cauchemards, je vois défiler des régiments de machines; et quelles machines!... des machines détraquées !... Je sens des rochers, que dis-je, des rochers ! des montagnes, devrais-je dire, de charbon de terre m'oppresser la poitrine !... Je sens des nuages de fumée m'étouffer! Je rêve que j'ai une houillère dans le corps et une usine dans la tête. Décidément, si je ne deviens moi-même machine; avant peu, mes machines me conduiront au tombeau !... Je serai bien avancé.

C'est à Paul, mon contre maître que je dois tout cela, tous ces tracas. Un enfant, que j'ai recueilli par charité; il y a 25 ans, un peu plus un peu moins, l'ingrat !

Quel homme que ce garçon! il était né pour faire une machine. C'est le génie de l'invention personnifié et **incarné**, mis sur la terre et entré dans ma maison, tout exprès pour abréger mes jours, Le

monstre ! A peine a-t-il fini de parfaire une invention, que, crac ! au moment où vous croyez vous reposer, il vous invente une autre chose, bien heureux s'il ne vous en invente pas deux à la fois. Eh ! que diable ! pour avoir la paix, il faut bien le laisser faire. Sans quoi, il commence sa *rengaine*; que les Anglais et les Américains sont plus forts que nous et qu'il faut au moins donner du fil à retordre à ces messieurs. De toute nécessité, il faut lui donner raison et faire bis à son refrain.

Jamais en France... etc.. etc...

Franchement, Dieu n'est pas juste dans cette affaire, à Paul, toute la joie, tous les délices de la vie, puis qu'il met son bonheur à ne pas sortir de chez lui, à vivre le compas et l'équerre à la main, à se prélasser au milieu des ateliers et à s'endormir sur le sein de toutes ses machines, dont je sais à peine les noms. A moi, tous les tracas ; car, je le répète, quoi qu'il fasse, nous ne serons pas prêts pour l'ouverture de l'Exposition. Nous serons enfoncés par les Anglais et les Américans. Quelle honte pour mes cheveux blancs ! Que dis-je ? mes cheveux blancs ! Est-ce que j'en ai? ce Paul est bien capable de me les faire blanchir.

Oubliant ses tracas, M. Guillaume courut devant une glace et s'assura que ses cheveux étaient parfaitement teints, qu'aucun insurgé grisonnant n'argentait son chef.

Ce mouvement suffit pour changer complètement le cours de ses idées, mais il n'en resta pas moins soucieux. Sans doute que, tout en changeant de nature, ses réflexions ne devenaient pas plus réjouissantes.

Après un court silence, il reprit sa promenade et son monologue :

— Quelle est jolie cette Miss Arabella Kervigan ! jamais femme ne m'a produit une si profonde impression.... Oh ! si pourtant, autrefois.... Marguerite, la belle Marguerite...

L'entrepreneur devint plus soucieux encore, il passa la main sur son front comme pour en chasser une idée importune.

— Où diantre ai-je été chercher ce sombre souvenir des mauvais jours? Oublions vite cette pauvre femme et cet enfant abandonnés. Une peccadille de jeunesse après tout. Et, qui n'a jamais péché? Puis, que pouvais-je faire pour eux alors? je n'avais rien. j'étais un pauvre petit commis en quincaillerie aux appointements de 800 francs. Depuis, c'est en vain que je les ai fait chercher; car c'eut été de bien grand cœur que j'eusse assuré leur existence... Enfin, n'y pensons plus; revenons à Miss Arabella ; qu'elle est jolie ! vingt ans, une taille si fine, un visage si régulier, des yeux si doux, un teint si frais, des dents si brillantes, des cheveux si soyeux, des mains si mignonnes, des pieds si petits, que le tout semble avoir été fait pour créer un ange.

En parlant ainsi, le Cupidon sur le retour était ravi, enthousiasmé, énivré. Il était sous le charme. Sans penser un instant que son amour, — car il aimait Miss Arabella, — était sinon ridicule, au moins *insensé* ; il continua peu à près :

— Oui, je l'aime. Et, de toute nécessité, il faut, comme j'en ai conçu le projet que je l'épouse. Lord Kervigan est à peu près ruiné; pour refaire sa fortune, il consentira facilement à ce mariage; quant à Miss Arabella, est-ce qu'une jeune fille à une volonté à vingt ans? mais, si elle n'en a pas, Dieu merci ! j'en ai une, moi. Je suis entêté, que diable ! et comme j'ai mis dans ma tête de l'épouser, elle sera ma femme.

Pourtant, avant de l'épouser, il serait urgent que je marie ma fille ; car, raisonnablement, si elle reste jeune fille; je ne puis songer à lui donner une belle-mère plus jeune qu'elle.

Après un court silence, l'entrepreneur s'écria avec gaieté, en se frottant joyeusement les mains : .

— Oui, c'est cela. — Ah ! dam, il n'y a que moi pour sortir des positions difficiles. — Le vicomte d'Aigrefin m'a dernièrement demandé la main de Lise. Le vicomte a un beau nom, un petit hôtel, des chevaux magnifiques, il dépense plus de cent mille francs par an, donc il est riche. De plus, il est joli garçon, convive aimable et beau parleur. Autant de qualités par le temps qui court. Donc, c'est convenu, il épousera Lise ; et, comme à vingt ans, les jeunes filles n'ont pas de volonté, que Lise n'en a pas plus que les autres, que j'en ai une, moi ; l'affaire sera bientôt faite.

Allons, tout va bien ! sur ce, il est onze heures. Partons déjeuner ; ensuite, j'irai au bois, où j'espère voir Lord Kervigan et sa fille.

L'entrepreneur s'enfuit de son cabinet, en se frottant les mains.

Nous pouvons affirmer qu'il avait complètement oublié ses tracas, ses machines et l'ouverture de l'Exposition ; et qu'il ne songeait pas d'avantage à descendre dans la tombe, comme il l'avait si lugubrement dit.

Cependant, s'il eut été moins occupé de ses projets, il eut entendu comme une exclamation étouffée, poussée dans la bibliothèque, quand il avait parlé de sa ferme volonté d'unir Lise et le vicomte d'Aigrefin.

III

UN CONTRE-MAITRE.—DEUXIÈME AMOUR INSENSÉ.

Si, pour nous servir d'une expression consacrée, M. Guillaume était dans ses *petits souliers*, à cause de l'ouverture de l'Exposition ; Paul, son contre maître, pour la même raison, n'était pas précisément étendu su un lit composé de roses, au parfum énivrant à la couleur veloutée : ou du moins, si ce lit était de roses — car on ne peut répondre de rien en ce monde, et le génie, à ses heures de crise, joint de certaines satisfactions — ces roses avaient, hélas! conservé leurs épines.

M. Guillaume, en accusant si légèrement Dieu d'être injuste à son égard, ne s'était nullement aperçu, lui qui était sous tous les rapports un des heureux de ce monde, qu'il était souverainement injuste envers Paul.

Rétablissons la vérité, quant aux rapports de l'entrepreneur et du contre-maître.

M. Guillaume avait été le bienfaiteur de Paul, comme il l'a dit, mais ce qu'il n'a pas ajouté dans son moment de mauvaise humeur ; — car, au fond il le savait très-bien et se faisait un plaisir de le dire à qui voulait l'entendre, c'est qu'il devait une partie de sa fortune au génie inventif de son contre-maître,

Nous reviendrons sur cette question intéressante.

À l'heure où le riche industriel se faisait ses réflexions, Paul était dans les ateliers du maître, enfermé dans un petit bureau, une sorte de cage vitrée. d'où, du regard, il pouvait exercer une intelligente surveillance sur toutes les parties de l'atelier.

Là, au milieu d'un *fouillis* de papiers, de livres, de plans d'instruments de mathématiques, de formes, démodèles en bois, en cire à modeler, en plâtre, en fer, en cuivre; devant un large et long bureau encombré de tout un chaos d'objets de formes multiples, de couleurs variées et parfois disparates, était assis, chose étrange , un jeune homme de vingt-cinq à vingt-huit ans.

Ce jeune homme c'était Paul... oui ; Paul, tout simplement Paul.

N'eut été la forme, l'étendue et la hauteur du front, l'éclat des yeux, l'expression du regard ; le contre-maître eut été ce que sont tous les jeunes gens ; *beaux garçons*, de vingt-cinq ans, quand ils n'ont pas prostitué leur jeunesse à de dévorantes passions, quand ils n'ont pas étiolé et usé leur existence à passer des nuits aux bras de l'orgie et de la débauche. Les malheureux ! on dirait des spectres, et leur dernier souffle semble, à tout instant, devoir expirer sur leurs lèvres blêmes.

Paul ne leur ressemblait guère; dans sa large poitrine, battait à l'aise un bon cœur, un noble cœur ; il était vigoureux, robuste même, mais surtout agile et bien portant. Qu'on nous permette le mot, la santé lui sortait par tous les pores.

Pourtant elles étaient nombreuses les *nuits blanches* qu'il avait passées !...

Mais ces nuits, il les avait données à l'étude et au travail ; et. comme l'étude et le travail portent toujours leurs fruits, et font éprouver un certain contentement, quand le plaisir ne fait qu'abrutir l'esprit et émousser les sens ; il était debout, plus fort, plus satisfait de lui, après toutes ces longues et pénibles veilles que s'il ne les avait pas passées.

Dans les ateliers, autour du contre-maître ; les forges rutilaient d'éclats , les soufflets, de leur haleine puissante, excitaient encore l'ardente activité de ces cratères en miniature. Les marteaux frappaient, les scies criaient, les limes grinçaient. Le fer ou le cuivre prenaient toutes les formes. Cinq cents ouvriers travaillaient, chantaient, causaient, riaient et suaient à grosses gouttes, sous les cascades d'une pluie de feu que provoquaient leurs larges et lourds marteaux à *frapper devant*.

Un enfer, en un mot.

C'était assourdissant, effrayant, mais grand et beau.

Au milieu de cet enfer, un seul homme pensait, cet homme, c'était Paul; la tête inclinée vers un plan, fait par lui, dont son regard ardent suivait les moindres lignes. Il méditait, et par moments, laissait échapper un geste d'impatience.

L'atelier et les cinq cents ouvriers avec tout ce qui les entourait, bruits ou objets ; c'était la fournaise. Le penseur, c'était l'étincelle qui mettait le feu à l'immense et active machine. Le plan, c'était le secret l'Εὑρηκα (1) d'archimède.

Si le penseur méditait, il avait pour cela de bien puissantes raisons.

Au centre de l'atelier et au milieu des cinq cents ouvriers ; se dressait noire, sombre, brillante, verte, rouge, blanche , unie, bifurquée, crénelée, une machine singulière :

L'hydre de la fable, la bête de l'apocalypse ne sauraient donner une idée de la *chose*.

Était-ce un monstre ?

Cela semblait avoir une tête, une queue, des pattes et des écailles ; en cela, la *chose*, était crocodile. Elle avait aussi comme un cavalier sur sa croupe arrondie. ce cavalier semblait avoir un casque et le casque un cimier; le tout représentait-il un chevalier armé en guerre ? Elle vomissait le feu et la fumée, était-ce un volcan ?

Non, c'était une machine, mais quelle machine ! celle-ci devait perforer et pourfendre les montagnes. Allez-vous y faire mordre messieurs les étrangers. On vous invitera à la regarder, mais à la condition expresse que vous n'y toucherez pas.

La machine est faite. Tout le monde croit qu'il n'y manque rien, qu'elle doit *marcher*. On l'a bourrée de charbon, allumée, chauffée, et... la malheureuse, ne fonctionne pas.

Désespoir général, les ouvriers jurent, le contre-maître fronce les sourcils.

Si la machine ne *marche* pas c'est qu'il y manque quelque chose. Quoi ?

Tout le monde l'ignore.

Dieu le sait, mais il se garde bien de le dire.

Le contre-maître le cherche. C'est pourquoi il est courbé sur son plan, — son secret, — et se crève les yeux à en fouiller les détails.

Tout à coup, onze heures sonnent. C'est l'heure

____
(1) J'ai trouvé.

du déjeuner. Les ouvriers disparaissent comme par enchantement. Le dernier s'est à peine éloigné, qu'une jeune fille pénètre dans l'atelier.

Elle est si belle, qu'elle semble marcher au milieu d'un rayon lumineux.

Pourtant, des larmes tremblent à la pointe de ses longs cils.

Elle se dirige vers la porte du bureau du contre-maître.

Lise, la fille de M. Guillaume; car c'était elle, marchait sur la pointe des pieds, en retenant sa respiration; et, absolument, comme une personne qui craint d'être surprise en flagrant délit de mauvaise action.

Au reste, comme elle ne pénétrait jamais dans les ateliers de son père; elle avait tout lieu d'être étonnée de s'y trouver.

Il fallait un motif bien grave, pour la décider à enfreindre les ordres paternels, dont on comprendra facilement la sévérité.

Elle était bien jolie cette femme, cette jeune fille, ou cette enfant; car, il y avait de ces trois manières d'être de la femme dans la belle et gracieuse Lise.

Faire d'elle un portrait détaillé et analytique! nous ne nous le permettrons pas; en aurions-nous l'idée que nous lui en demanderions vite pardon, à deux genoux; car, nous croirions lui faire injure. Est-il, était-il possible de peindre la beauté de cette femme; de donner une idée de la grâce de cette jeune fille; de toucher, sans la déflorer, à la candide fraîcheur de cette enfant?

Qu'on se figure, si l'on peut, grâce à un violent effort d'imagination :

Ève, cette délicieuse créature telle que Dieu l'a conçue; quelque chose de si doux, de si enchanteur que le premier homme n'osa lui résister, au moment où il allait faire sombrer, pour l'éternité, les destinées du genre humain.

Qu'on se représente la muse du premier poëte; ou un modèle introuvable rêvé par Raphaël, concevant un chef d'œuvre.

En un mot, si parfaite que soit physiquement la femme qu'on s'imaginera, on sera toujours au-dessous de la vérité.

Est-ce assez dire ?... peut-être...

Lise arriva bientôt à la porte du bureau de Paul. Là, elle s'arrêta court.

Elle était haletante, comme si elle eut fourni une longue course; pourtant, elle n'avait fait qu'une centaine de pas, en marchant si doucement qu'une fleur n'eut pas gardé la trace de l'empreinte de son pied ; elle tremblait et était cramoisie.

Jamais elle n'avait été si adorablement belle.

Elle hésita, mit la main sur son cœur pour en comprimer les battements ; puis, se décida enfin à frapper ; ce qu'elle fit.

Entrez, lui répondit Paul, qui, se confondant en vains efforts pour trouver ce qu'il cherchait, envoya du fond du cœur l'importun à tous les Saints du paradis et à tous les démons de l'enfer.

Lise ouvrit et entra; Paul fut comme stupéfait, — devait-il en croire ses yeux ?

Il se leva, courut à la jeune fille, lui prit les mains avec un empressement sur le compte duquel il n'était pas permis de se méprendre. — Il était évident que le contre-maître aimait la fille de l'entrepreneur d'un amour violent, que la différence des positions, faisait, à première vue, paraître insensé, — puis, il dit à la belle enfant :

— Vous ici, Lise ?

— Oui, M. Paul ; répondit la fille de M. Guillaume avec un embarras et une confusion qui ne laissaient aucun doute sur ses sentiments à l'égard du contre-maître.

Les deux jeunes gens, élevés ensemble depuis l'enfance, s'aimaient purement, noblement, follement ; c'était clair comme un beau jour de printemps.

Pouvait-il en être autrement entre deux natures vives, aimantes et sympatiques ? entre deux cœurs faits pour aimer, être aimés et surtout se dévouer.

Paul avait vingt-huit ans. Lise n'en avait que vingt.

M. Guillaume, ne s'occupant que fort peu de sa fille, Paul n'était-il pas devenu successivement le grand-frère, le protecteur, le répétiteur, le conseiller, le confident de la jeune fille ? On devine, sans efforts, comment l'amour était venu ; et, nos deux jeunes gens n'étaint pas aussi ignorants, qu'on pourraient le croire, de ce qu'ils éprouvaient l'un pour l'autre.

Paul avait donc parlé ?

Non, le mot amour n'était même pas monté de son cœur à ses lèvres, mais avait-il pu empêcher ses yeux, ses regards, — ce véridique langage de l'âme — de dire à la jeune fille ce qu'il n'eût jamais osé lui avouer. Lise avait elle pu contenir ses soupirs et empêcher ses mains de trembler, quand elles rencontraient celles du contre-maître ?

Lise arriva bientôt à la porte du bureau de Paul, (Page 8).

— Oui, moi ici, M. Paul, répondit enfin la jeune fille.

— Mais pourquoi ?

— Oh ! c'est bien grave.

— Bien grave ? s'écria Paul.

— Oui, terrible !

— Vous m'effrayez.

— Il faut que vous me sauviez M. Paul, fit Lise avec désespoir, en serrant à son tour les mains du contre-maître d'un mouvement fébrile.

— Que je vous sauve ! et de quoi ? parlez... Quel danger vous menace ?

Lise était si émue qu'elle fut un instant sans pouvoir parler. Enfin, quand elle eut surmonté son émotion, elle laisse échapper d'un trait, comme si elle eut eu hâte de prononcer les maudites paroles :

— Mon père veut me marier, M. Paul.

Cette révélation produisit l'effet d'un coup de massue sur le contre-maître, il s'y attendait si peu. Il pâlit, chancela et faillit tomber à la renverse ; il s'appuya sur une table. A le voir, on eut dit un homme ivre ; ses yeux n'y voyaient plus ; tout lui faisait l'effet de tourner autour de lui, les oreilles lui tintaient.

Enfin, il surmonta l'effet produit par ce coup aussi terrible qu'imprévu, et répondit d'une voix sifflante et étranglée.

— Votre père veut vous marier, Lise, et moi....

Sans terminer sa phrase, il arrêta sur la jeune fille un regard suppliant.

Des deux jeunes gens, Lise, en ce moment, était la plus forte de beaucoup. Elle eut pitié de Paul, et continua la phrase inachevée de ce dernier :

— Et vous, vous m'aimez? fit-elle.

— Oh oui, balbutia le contre-maître, du ton qu'un criminel fait un aveu qui peut gravement le compromettre.

— C'est ce que je voulais savoir, fit Lise.

— Est-ce que vous ne l'aviez pas deviné depuis longtemps? demanda Paul avec une sublime naïveté.

— Si, mais....

— Lise hésita.

— Mais ?

— Et vous, reprit la jeune fille avec un charmant embarras, devinez-vous la réponse que je puis faire à votre aveu ?

— Oh ! si mon cœur ne me trompe pas...! fit le contre-maître avec un élan plein d'exaltation.

— Il ne vous trompe pas, répondit Lise.

— Vous m'aimeriez, Lise ?

Cette dernière ne répondit pas, mais elle ne fit aucune résistance, quand Paul la prit dans ses bras et la pressa sur son cœur.

Cette étreinte, résultant d'un premier mouvement, valait bien les serments les plus solennels.

— Et ce mariage? reprit Paul.

— C'est une idée de mon père.

— Diable !

— Et mon père est entêté.

— Je le sais, il ne vous a pas consultée ?

— Non.

— Comment avez-vous pénétré son secret, alors ?

— J'allais le prévenir que le déjeuner était prêt ; pour aller à son cabinet, je passais par la bibliothèque ; quand, arrivée à la porte du cabinet, j'entendis mon père parler haut ; il venait de prononcer mon nom, j'écoutai... Je l'entendis dire qu'il vou-

me marier au vicomte d'Aigrefin, et qu'il fallait que ce mariage se fasse.

— Le vicomte d'Aigrefin, ce fat ! s'écria Paul.

— Oui.

— Eh bien, ce mariage n'aura pas lieu, fit le contre-maître avec résolution, après avoir réfléchi un instant.

— Comment cela ?

— Parce qu'il est impossible.

— Mais, si mon père veut ?

— Il reviendra sur sa volonté,

— Qui l'en fera revenir?

— Moi.

— Comment ferez-vous ?

— Écoutez, Lise.

— Je suis tout oreilles.

Plusieurs fois déjà j'ai sauvé votre père de la ruine.

— Par vos conseils, je le sais.

— Et j'ai fait sa fortune.

— Par vos talents, c'est encore vrai.

— Eh bien, dans huit jours, quand j'aurai terminé cette machine, — il n'y manque plus qu'un fil, qu'un point, que je vais trouver, en la comparant pièce par pièce à mon plan ; — quand j'aurai fait de M. Guillaume, le plus fameux et le plus riche industriel de l'univers, il faudra qu'il me prenne pour son associé.

— Ah ! je comprends, — s'écria Lise avec joie.

— Et alors, nous verrons si M. Guillaume me refuse la main de sa fille pour l'accorder à un vicomte d'Aigrefin, un intrigant.

— Mais, êtes-vous certain de réussir ?

— Pour ma machine ?

— Oui.

— Voyez ce plan, Lise.

Les deux jeunes gens se retournèrent vers la table sur laquelle le plan explicatif devait être étendu.

Paul resta stupéfait et bouche béante :

Le plan avait disparu.

IV

ENTRE UNE COCOTTE ET UN COCODÈS. — TROISIÈME AMOUR INSENSÉ.

Paul et Lise étaient d'autant plus désespérés, qu'ils ne comprenaient absolument rien à la subite disparition du plan; ce secret merveilleux qui, en faisant fonctionner la machine, devait faire aussi de M. Guillaume le sultan des entrepreneurs et de Paul l'associé de M. Guillaume; ce talisman précieux, dont la possession par le contre-maître, devait avoir pour résultat définitif de lui faire épouser celle qu'il aimait.

A nos yeux, jamais plan, fut-ce celui du Parthénon d'Athènes; ou celui de l'opéra de nos jours, — quoique ce dernier ait, dit-on, rapporté plusieurs millions — n'eût plus de mérite que celui, qui, presque sous les yeux de deux témoins, venait de tourner à l'état de myte ou de mystère.

Les dieux, et Vulcain entr'autres, 'ce fils boiteux de Vénus, la célèbre courtisane des dieux; jaloux sans doute, l'avaient probablement enlevé pour en faire une constellation quelconque.

Paul ne fut pas cependant de cet avis; il s'écria avec un violent désespoir :

— Mon plan m'a été volé; il était là; j'étais à le consulter, quand vous êtes entrée, Lise... Sans lui, que faire ?... que devenir...? ma machine ne sera pas terminée...!

Ces cinq derniers mots signifiaient :

— Et je ne serai pas l'associé de M. Guillaume, et il n'aura aucune raison pour me donner votre main plutôt qu'à un autre, Lise.

On comprendra facilement l'angoisse et le désespoir des deux amoureux.

Paul regardait une fenêtre ouverte donnant sur le bureau sur lequel le plan avait été pris. Le cadre de cette fenêtre, cette dernière ouvrant sur un jardinet encombré de fleurs, était entouré de lierres de clématildes, de volubilis, de pois de senteur et de haricots-bouquets.

— C'est par cette fenêtre qu'il a été pris, s'écria Paul ; maudite fenêtre ! maudite idée que j'ai eue de la faire ouvrir, ne devais-je pas me contenter du jour qui vient par le vitrage ?

— Et de l'air, M. Paul ?

Ce dernier n'écoutait plus Lise. D'un bond, il s'était précipité dans le jardinet.

Il chercha, fouilla, brisa, mutila, arracha les fleurs et les massifs. On eut dit un fou ; mais il ne découvrit pas l'ombre d'un voleur.

Comme le plan avait été volé, ainsi que l'a parfaitement dit Paul ; laissons-les, Lise et lui, se livrer à de vaines recherches, abandonnons les à leur désespoir, si pénible que cela nous soit, et quittons la Villette ou étaient construits et installés la résidence et les ateliers du millionnaire, pour nous transporter dans un quartier plus aristocratique, ou d'autres personnages, non moins importants que ceux que nous abandonnons momentanément à leur malheureux sort, nous attendent.

C'était la veille du jour où nous avons fait pénétrer le lecteur chez M. Guillaume.

Il existait alors, de par la Chaussée d'Antin, vers l'entrée de la rue, du côté du boulevard, un charmant petit hôtel qui avait quelque chose de régence. Style, mignardises, confortable, rien n'y manquait. On eut dit la petite maison d'un faquin, — c'est peut-être coquin que nous devrions dire, — fermier-général, ou la *logette* d'une Dubarry.

Quand la porte de ce charmant *retrait* s'ouvrait pour donner passage à quelqu'élégante voiture, attelée de chevaux fringants ; les curieux pouvaient entrevoir un charmant parterre fleuri, un perron en marbre blanc et des fenêtres garnies de stores qui paraissaient aussi fleuris que le parterre, tant les couleurs en étaient variées.

Il y avait bien encore, un rocher en miniature, une *cascadine* et un *ruisselet*, un étang grand comme la main, ce qui ne l'empêchait pas d'être très peuplé de poissons rouges, et un jet d'eau. Les lierres donnait bien asile à une multitude de chantres ailés chantant, sifflant, gazouillant ou pépillant. L'édifice était si bien sculpté, qu'on l'eut dit guilloché autant que la poignée d'un sabre turc. A quoi bon faire une description de ce palais lilliputien, quand nous nous sommes épargné la peine d'en faire une de la collossale construction réservée à l'exposition?

De tous temps, les charmantes résidences semblables à celle que nous venons de dire, ont été faites pour être habitées.

La nôtre l'était.

Il vivait alors de par le demi-monde parisien, une femme qui s'appelait tout simplement Constance Brio ou *la dame aux perles*. — Cette dernière appellation n'était qu'un surnom dont on devinera facilement l'éthymologie...

Constance Brio, par le droit de fortune et de succès, habitait le petit hôtel de la Chaussée d'Antin. Elle l'habitait seule ; quand nous disons seule, nous ne prétendons pas dire qu'elle vivait en recluse, sans de nombreux domestiques et sans des amis des deux sexes bien plus nombreux encore. Au contraire, la Brio aimait la société, et ne regardait par de très-près, en choisissant ses connaissances.

C'était, comme on l'a déjà deviné sans doute, un de ces astres, — étoiles filantes de notre civilisation — que la mode et certains hommes découvrent un jour ou ils n'ont rien de mieux à faire, s'ennuient et que tout leur parait gris.

Constance. était infiniment plus jolie que toutes ses émules, que nous voyons tous les jours et qui se croient supérieurement belles, sans doute, parce que quelques gandins se font un devoir de le leur répéter du matin au soir, absolument comme un enfant récitant sa leçon ou son catéchisme.

De plus, la Brio avait de l'esprit et beaucoup ; une véritable et solide instruction. Elle parlait bien, avait la voix harmonieuse, était bonne musicienne, dessinait, s'y connaissait en tout et parlait anglais, allemand et italien.

Où avait elle appris tout cela?

Bien certainement que, si elle était la fille de quelque chevalier de la loge et du cordon, elle avait été changée en nourrice.

Qu'on se rassure, la Brio n'était point la fille d'un concierge, si honorable que fut cette origine. C'était, suivant la vieille et pittoresque expression, *une enfant* de giberne.

Comment se peut-il que...? Son père était il général ou caporal...?

Silence ! ceci fait partie de la biographie de la Brio,

En temps d'exposition, en donnant des leçons ou en se faisant interprète, Constance pouvait faire fortune.

Elle pensait bien pour atteindre ce dernier résultat, user des immenses ressources du grand événement ; mais en employant des moyens encore plus surs, et bien autrement éfficaces, que ceux que nous venons de dire.

Il est cinq heures du soir, Constance vient de rentrer du bois ; retirée dans son boudoir, elle s'est laissée tomber, en entrant, sur un des sièges moelleux, qui contribuent à meubler ce charmant réduit.

Ce mouvement est-il de fatigue ou d'ennui ?

Non, les traits de la Brio sont contractés, elle semble profondément soucieuse.

La vierge folle aurait-elle des chagrins ?

A ses gestes d'impatience assez fréquents, aux regards anxieux qu'elle prodigue à la pendule, il est facile de deviner qu'elle attend une visite. Un rendez-vous sans doute....

A cinq heures et demie, une soubrette annonce :

— M. le vicomte d'Aigrefin.

Enfin ! laissa échapper la pécheresse.

Le futur gendre de M. Guillaume, est bien, — il est facile d'en juger à première vue — l'être le plus nul et le plus infatué de sa personne qu'on saurait imaginer.

Habillé par Dusautoy ou Pommadère ; chaussé par Molière ou Schoumacher ; portant gants jouvin, chapeau Pineau, cravate et de linge Longueville ; c'est le plus gourmé des cocodès passés, présents et à venir.

Une sotte engence !

Un homme enfin, qui, sans vous avoir jamais rien fait, vous porte sur les nerfs, si vous faites la moindre attention à lui.

Une figure insignifiante, sur un corps sans difformités ; des manières prétentieuses et hypocrites, une conversation cherchée et étudiée, mais sans aucune espèce de sens sérieux, Telles sont les principales qualités par lesquelles je recommande le peu sémillant vicomte. Cependant M. d'Aigrefin n'est point un sot. Il rachète, par de nombreux défauts, son manque absolu de qualités.

Le vicomte est l'amant, et l'amant très-passionnément aimé de la Brio.

Où celle-ci avait-elle la tête, le cœur et les yeux quand elle s'est éprise de ce scélérat déguisé en magot français?

Nous ne saurions le dire, mais il est certain qu'elle aime le vicomte d'un amour *insensé* ; et que, tout en comprenant que cette passion ne peut la conduire qu'à la ruine, elle lui fait tous les sacrifices.

Puis, la Brio n'est rien moins qu'un dragon de vertu, et ne professe qu'une très-médiocre estime pour les principes de l'évangile.

— Eh bien ? fit la Brio au vicomte, aussitôt qu'il eut pris place auprès d'elle.

— Eh bien, répondit d'Aigrefin en souriant ; tout va pour le mieux. comme je l'ai si sagement prévu, et vous l'ai toujours répété ; l'exposition va devenir pour nous une mine d'or. Les étrangers abondent, et ils apportent avec eux l'argent nécessaire à l'acquisition de toutes les femmes *phylosophes*, qui fourmillent entre les quatre coins de Paris. Quel gaspillage de cœurs ils vont faire ! mais aussi, vous, Mesdames, quelle moisson de louis et de billets de banque vous allez récolter !!! C'est à faire frémir le Mont-de-Piété et les usuriers, dont vous n'allez plus avoir besoin, et qui n'auront qu'a se mettre en faillite . Si les loyers et le reste sont à la hausse, que dira-t-on des faveurs des dames ?

— C'est grave fit Constance.

— N'est-ce pas ?

— Mais je sais quelque chose de plus grave encore.

— Quoi donc ?

— Je suis *à sec*.

Cette déclaration, faite d'un ton maussade, fit faire une grimace au vicomte.

— Oui, *à sec* ; reprit la Brio, c'est à peine si j'ai quelques louis ici. De plus j'ai deux mauvaises nouvelles à vous apprendre.

A mesure qu'elle parlait, le ton de Constance devenait plus aigre.

— Les quelles? demanda d'Aigrefin, sans trop s'épouvanter de l'orage qu'il commençait à prévoir.

— Lord Kervigan m'a appris, les larmes aux yeux, que je l'avais à peu près ruiné ; qu'il ne pouvait plus continuer à me faire mes deux mille livres sterlings par mois.

— Le pleutre !

— Qu'il avait une fille et qu'il ne pouvait la ruiner.

— Je connais quelqu'un qui l'épouserait bien sans un sou.

— Le nom de l'homme qui épouserait volontiers miss Arabella sans un sou ?

— Permettez-moi de vous laisser continuer votre larmoyante jérémiade. Mon tour viendra ensuite.

— Lord Kervigan m'a donc à peu près coupé les vivres. Quant à mon Othello, au prince de Berdajos, vous m'aurez sans doute compromise à ses yeux, un accès de jalousie l'aura pris, il me boude. Depuis huit jours je ne l'ai point vu. C'est alarmant, et tout cela c'est votre faute.

La voix de la Brio était grosse de reproches.

— Ma faute! s'écria 'd'Aigrefin, en se dressant comme si un serpent l'eût mordu au talon.

— Oui, vous me ruinez ; commença la Brio avec aigreur, avec vos dépenses folles ; je ne cesse de vous donner de l'argent à pleines mains.

Constance commençait à se mettre en colère.

— N'est-ce pas vous qui m'avez dit de mener grand train.

— Oui, mais je ne vous ai pas dit de faire de mon chez moi, un second royaume de Prusse ; sur lequel, dit-on, le vent de la misère souffle depuis des siècles.

— N'est-ce pas vous qui m'avez conseillé de jeter de la poudre aux yeux, d'inspirer de la confiance et de chercher à me marier?

— Sans doute parce que je me suis convaincue que vous me coutiez trop cher. Mais, à ce mariage, vous n'y pensez pas, vous n'avez seulement pas cherché.

— Vous croyez?

— Je vous défie...

— Ne jurez de rien.

— Expliquez-vous au moins?

— Eh bien, calmez votre colère, écoutez-moi avec sang-froid. D'abord, je ne vous coûterai plus rien, parce que avant un mois, si je veux et si vous y consentez, j'aurai épousé Mlle Léonard Guillaume, la fille du plus riche industriel de Paris.

— Je consens de grand cœur, mais quelle garantie avez vous...

— Le père m'a à peu près donné sa parole. Et demain, il me la donnera tout à fait.

— Comment cela?

— Parce que je puis lui rendre un service.

— Lequel ?

— Malgré ses 55 ans, le vieux fou est amoureux à lier de miss Arabella Kervigan ; c'est l'homme désintéressé que nous disions il n'y a qu'un instant et dont je vous gardais le nom pour la bonne bouche.

Impossible !

Rien de plus vrai pourtant ; et, comme je suis aux mieux avec Lord Kervigan, que j'ai connu ici ; je donnerai un coup de main à mon futur beau-père, pour lui faire obtenir miss Arabella ; après un pareil service, il me donne sa fille, sans même aller aux renseignements sur mon compte.

— Sans quoi il en apprendrait de belles, fit la Brio.

D'Aigrefin ne releva pas le sarcasme, il [continua :

— Et voyez les conséquences de cette double combinaison : D'abord je ne vous coûte plus rien.

— Il est grand temps.

— Puis, Lord Kervigan *recavé* par son gendre, vous rend vos deux mille livres sterlings ; comme vous devenez avare, vous pourrez faire des économies tout à votre aise. Quant au prince, ce n'est pas la jalousie qui le retient loin de vous ; s'il était jaloux, vous l'auriez sur le dos toute la journée, et je vous plaindrais. S'il ne vient pas, c'est la jalousie de sa femme qui l'en empêche. La princesse est une sorte de tigresse qui a le tort d'aimer son mari, et qui serait capable de vous poignarder, le prince et vous, si elle se doutait de ce qui se passe. En ce moment le prince n'est que prudent ; et quand il reviendra, ce qui ne peut tarder ; car il est bien

pris, je vous prédis qu'il sera plus généreux que jamais.

Dissipez donc vos terreurs, cessez de tout voir en noir et ayez confiance en moi.

— Il le faut bien.

— A propos de l'exposition, recevez vous ce soir ?

— Oui, pourquoi ?

— Parce que je voudrais vous *exposer* quelques *exposants*.

— Qui parmi nous, seront sérieusement *exposés* ; répondit la Brio,

— Ne les dévalisez pas tout à fait pourtant.

— Soyez tranquille, qui allez vous nous présenter ?

— Un Russe, un Américain, un Arabe, et un Siamois, en tout, quatre millionnaires.

— Très-bien : eux, amenés par vous, et vous présenté par eux ; vous serez tous bien reçus. A ce soir.

Sur cette boutade, la Brio passa dans sa chambre à coucher, afin de se faire habiller pour le dîner et la soirée qui devait suivre.

Était-il bon de s'exposer dans sa plus jolie toilette, pour faire honneur à messieurs les exposants, et exposer ceux-ci à de plus grands dangers ; comme n'eût pas manqué de dire le vicomte d'Aigrefin.

—o><o—

V

HISTOIRE VÉRIDIQUE DE LA BRIO ET DU VICOMTE

Le moment est venu, nous le croyons du moins, de faire les biographies de Constance Brio et du vicomte d'Aigrefin.

Douze ans environ avant l'époque à laquelle nous plaçons notre récit, et que, pour bien des raisons sérieuses, nous nous obstinons à ne pas préciser, un régiment de chasseurs occupait, en Afrique, la garnison de Bône.

Le numéro de ce régiment ? Qu'importe, il en est de lui, absolument comme de l'année ou se passent les faits qui vont suivre.

C'est à Bône que nous allons conduire le lecteur L'arabe turbulent, dompté, mais non soumis, s'agitait dans la plaine, la Kabylie, peu explorée jusqu'alors, au moment du danger et de la défaite, lui servait de lieu de repaire et de forteresse.

Là, les intrépides Kabyles ou *cordonniers de Bougie*, fabriquaient des balles, des armes et de la poudre — cette dernière valait la nôtre. — C'était à ces différentes [occupations qu'ils passaient l'hiver, ou plutôt la saison des pluies. Les beaux jours venus, tous les ans, invariablement, comme émigrent certains oiseaux voyageurs, ils montaient sur leurs chevaux indomptables comme eux, prenaient leurs armes; et, par goumns, s'élançaient en tourbillonnant dans la plaine.

Alors, partout, dans la zone habitée et cultivée, retentissaient des cris sauvages. C'était la déclaration de guerre des Kabyles. Devant ces derniers, les colons et les tribus soumises s'armaient s'ils étaient en nombre ; sinon, emportant leurs récoltes et leurs objets les plus précieux, ils pliaient leurs tentes, levaient leurs camps et se refugiaient sous les canons protecteurs des villes toujours armées pour la défensive. Dans les centres de garnison, des colonnes plus ou moins nombreuses s'organisaient et s'élançaient sus à l'ennemi.

Le traquage, une guerre de *brousaillage*, qui n'était pas exempte de danger, commençait avec ses marches de jour et ses contre-marches de nuit, contre un ennemi souvent insaisissable et quelquefois invisible, qui témoignait pourtant assez de sa présence par la dévastation qu'il laissait sur son passage.

Cette année là ne fut pas plus heureuse que les autres. Comme dans le cours de celles qui l'avaient précédée et de celles qui devaient la suivre ; au printemps on entendit retentir le terrible cri de guerre, et les hordes de cavaliers aux yeux perçants en burnous blancs commencèrent à incendier et à ravager la plaine.

On s'émut à Bône, comme dans toutes les autres villes de garnison de la troisième province.

On reçut l'ordre du gouverneur de former une colonne qui devrait faire jonction avec les colonnes de Constantine et de Philippville, sur le théâtre où l'insurrection semblait le plus s'acharner; et là, de détruire l'ennemi, soit avant, soit après la jonction.

Rien ne ressemble plus à une ville prise, qu'une ville dont la garnison doit s'éloigner par alerte en quelque sorte ; surtout, quand cette localité est une place de guerre, quelle que soit sa force.

Infanterie, cavalerie, artillerie. génie, train des équipages, tout le monde est en mouvement. Dans ce tourbillon, les chevaux, les caissons, le matériel, les fourgons chargés de vivres et de bagages, courent, circulent, s'agitent en un véritable désordre, dont quelques chefs seuls ont la clef.

Mais ce tohubohu n'est que l'affaire de quelques heures tout au plus, bientôt les compagnies s'alignent, les escadrons se forment, les batteries s'organisent, le train, les infirmiers et les cavaliers à pied, destinés à remplacer leurs camarades tués ou blessés, forment l'arrière garde ; puis, en présence du général qui doit commander ce petit corps d'armée, les officiers passent la revue de leurs hommes en tenue de route, s'assurent que les tribus ont bien leur campement et les hommes leurs cartouches et leurs vivres. Enfin, la colonne fait un mouvement, les cavaliers mettent le sabre à la main, les tambours battent, les clairons retentissent, les trompettes sonnent : c'est la marche. La colonne s'ébranle. Une heure plus tard elle est loin et la place de guerre reste comme morne et désœuvrée.

Ses habitants seront bientôt en présence de l'ennemie.

Le régiment de chasseurs dont nous avons parlé était alors commandé par le colonel Vivart, un vieil et très-brave officier, dont la restauration, en le mettant à la réforme, avait singulièrement retardé l'avancement. M. Vivart ne devait-il pas expier cruellement ses sympathies qui étaient très-vives, il est vrai, pour Napoléon qu'il n'avait jamais vu et pour un ordre de choses qu'il avait à peine eu le temps de servir, à son grand regret !

Quoi qu'il en fût, le colonel était un homme très-brave, ses nombreuses blessures l'attestaient. De plus, il était très-capable, et presque tous les généraux plus jeunes que lui, — il avait soixante ans,— se faisait un cas de conscience de consulter sa vieille expérience. En outre, comme il s'étudiait sérieusement à être, et non pas à paraître le père de ses soldats, il n'y avait pas, dans son régiment, un homme qui, pour lui, ne se fut exposé à une mort certaine.

Le colonel avait été plusieurs fois déjà à même d'éprouver cet esprit de dévouement. Une fois entre autres, qu'avec sa témérité habituelle, il s'était imprudemment isolé de son escorte, en faisant une reconnaissance militaire, il avait tout à coup été assailli par plusieurs arabes, qui, quoi qu'il se défendit avec le courage d'un lion, allaient impitoyablement le massacrer. Pour le faire prisonnier, ces Messieurs ne devaient pas y songer avec un tel homme. Le colonel était suivi à une faible distance par un simple trompette, Alphonse Brio, le père de la future *dame aux perles.*

Le trompette, quoique les arabes fussent en nombre, n'hésita pas un instant. Son colonel ne devait

Brio conduisit sa fille au colonel, (Page 18).

pas mourir, ou lui-même devait mourir à ses côtés. Noble résolution. Brio, en mettant son sabre à la main, et en chargeant sur l'ennemi, sonna d'abord le ralliment; puis, il jeta sa trompette et prit son pistolet de la main gauche à bout portant; il lui servit à bruler la cervelle à un Arabe qui allait décapiter M. de Vivart d'un coup de yatagan. Enfin, le sabre à la main, il imita son colonel et fit de son mieux. Ils firent tous deux tant et si bien qu'ils donnèrent aux cavaliers de l'escorte le temps de venir les dégager: ceux-ci les arrachèrent criblés de blessures des mains de l'ennemi.

Tous deux colonel et trompette se rétablirent; ils avaient l'âme chevillée au corps. Désormais, ce devait être entre eux à la vie à la mort.

Le colonel Vivart était comme cela. Si ses hommes lui étaient reconnaissants du bien qu'il leur faisait; de son côté, il n'oubliait jamais un service rendu.

Il fit d'abord décorer Brio; puis se l'attacha spécialement comme trompette d'ordonnance. Ce ne fut pas tout.

Brio avait été marié à une cantinière. Cette dernière était morte depuis huit ans, en laissant à son mari inconsolable quelques milliers de francs et une petite fille de quatre ans.

C'était une bonne nature que Brio, il avait aimé

Il sauta dans la rue et poussa le volet derrière lui, *page* 26.

sa femme, il chérissait sa fille ; il employa scrupuleusement l'argent à élever l'enfant, sans implorer le secours de personne.

Quand son père sauva la vie au colonel Vivart, la petite Constance avait douze ans. A partir de ce jour, elle eut deux pères au lieu d'un. Le colonel n'avait jamais été marié et n'avait qu'un neveu qu'il ne connaissait pas. Sans rien préjuger de l'avenir, il voulut se charger de la fille du trompette, et la plaça auprès des sœurs de l'orphelinat, en la leur recommandant d'une façon toute particulière ; afin qu'elle soignassent, autant qu'il était en leur pouvoir, l'instruction de la jeune fille, qui avait été fort négligée jusqu'alors.

Il n'y avait rien de mieux à faire pour le moment.

Tous les dimanches, Constance venait passer la journée chez le général ; c'était des jours de fête pour les deux grognards que ceux où ils se disputaient *leur enfant*, pour l'accabler de caresses.

Trois ans s'écoulèrent de la sorte, trois belles et heureuses années pour Constance et ses deux protecteurs.

Toute chose a une fin en ce monde, celle de l'amilié du colonel et du soldat devait être triste et douloureuse.

Revenons au jour où le régiment, commandé par M. de Vivart, quittait en partie la ville de Bône.

Le colonel avait pris le commandement des trois escadrons qui devaient faire partie de la colonne. Son trompette, ou plutôt son inséparable le suivait.

Il n'entre ni dans le plan de cet ouvrage, ni dans nos intentions de faire l'historique de cette campagne si mémorable et glorieuse qu'elle fût. Nous n'en détacherons qu'un seul fait, qui nous est indispensable.

La colonne dont le colonel de Vivart faisait partie, arriva la première sur le théâtre de l'insurrection, endroit où elle devait opérer sa jonction avec les autres colonnes.

Arrivée la première et seule sur les lieux, sa position devenait fort difficile, s'il lui fallait longtemps tenir tête à un ennemi de beaucoup supérieur en nombre à la vérité, cet ennemi ne se montrait pas, mais il n'était pas loin, mille symptômes révélaient sa présence.

Le soir, sur les mamelons lointains, apparaissaient des Arabes qui faisaient de grands gestes et agitaient leur burnous.

Nos soldats n'étaient pas assez étrangers à cette méthode primitive de télégraphier des Arabes pour ne pas s'alarmer de cette gesticulation.

Il était évident pour eux que l'ennemi réunissait toutes ses forces et se préparait à attaquer.

Que faire?

Rétrograder, le pouvait-on? qui garantissait que la retraite n'était pas coupée? Puis en agissant ainsi n'était-ce pas exposer la deuxième colonne arrivant, à se trouver dans le même embarras que la première?

On tint conseil et on s'arrêta au plus sage parti, celui d'attendre, en se retranchant de son mieux et en faisant bonne garde.

L'ennemi ne se fit pas attendre.

Il arriva, avec cette impétuosité qui caractérise l'Arabe quand il se sent en force.

Le combat fut long, opiniâtre, acharné, terrible et des plus sanglants.

Nos soldats s'immortalisèrent, ils étaient dans la proportion de un contre six, et depuis le matin n'avaient plus de café. Ils comptaient sur les convois des deux colonnes qu'ils attendaient pour les ravitailler.

Après une lutte de six heures et une mêlée affreuse, pendant laquelle tout le monde avait été confondu, hommes, chevaux, infanterie et cavalerie, ils se virent forcés de plier sous le nombre, et contre des troupes fraîches se renouvelant à chaque instant.

Le général donna l'ordre de la retraite.

Elle se fit en bon ordre.

On s'éloigna du champ de bataille.

Ce fut alors que M. de Vivart, qui, à défaut d'officier, avait envoyé Brio porter un ordre à un capitaine, s'aperçut de la disparition de son compagnon d'armes — il appelait ainsi le trompette.

Le capitaine interrogé, dit qu'il n'avait pas vu Brio et n'avait pas reçu l'ordre.

C'était clair.

Brio était tué ou blessé.

Le colonel sacra, jura, voulut reconduire ses escadrons à l'ennemi. Que pouvait-il faire? Il lui fallut suivre le mouvement rétrograde...

Jamais au régiment on n'entendit reparler de Brio le trompette. Rien pourtant n'attesta sa mort d'une façon positive.

Le soldat disparu; il nous reste à dire ce que l'officier supérieur fit pour la fille du premier.

M. Vivart fut péniblement affecté de la perte de son vieux compagnon, auquel il s'était profondément attaché pendant les deux dernières années.

Il se reprochait avec amertume de n'avoir pu l'empêcher de succomber sous les coups de l'ennemi, et il entrait dans une sorte de rage, quand il pensait que le corps de Brio était resté aux mains des Arabes, et que ceux-ci l'avaient probablement défiguré, mutilé, décapité, comme cela leur arrive toujours en pareil circonstance.

Disons, en deux mots, pourquoi les Arabes décapitent les cadavres de leurs prisonniers.

Le Musulman, dans sa religion, comme nous dans la nôtre, croit à un Paradis et à un Enfer. Son Paradis, selon lui, sera un séjour de délices, un oasis, où l'eau coulera toujours en abondance, où des légions de houris, lui servant de compagnes, partageront avec lui les jouissances raffinées de ce séjour pantagruélique, qui, à notre sens, n'est déjà point si niais s'il existe — il ne faut jurer de rien. —

Allah est Dieu et Mahomet est son prophète. Le Musulman croit donc comme un article de foi, qu'après le dernier jugement rendu par Allah, Mahomet viendra sur la terre, et enlèvera tous les *élus* par leur mèche de cheveux et les transportera ainsi en Paradis.

La mèche de cheveux appelée *mahomet*, que le Musulman se laisse pousser sur le sommet de la tête, et pour laquelle il professe une sorte de vénération, ne trouve grâce devant le rasoir que pour cette raison.

Malheur donc au pauvre diable qui aura eu le cou coupé. Sa tête seulement ira en Paradis, et si juste qu'il aura été toute sa vie, son corps restera sur la terre avec les cadavres entiers des réprouvés.

Que dites-vous de la croyance? Comment la trouvez-vous? Si naïve ou si *forte* que vous la supposiez, elle existe pourtant et voici ce qu'il en résulte et ce qu'elle prouve :

Elle prouve que Mahomet est furieusement fort, — Hercule et Samson ne seraient que de la saint-jean auprès de lui — et qu'il aura fort à faire au jour du dernier jugement, s'il est forcé d'enlever tous les élus un par un.

Il en résulte que les Arabes qui, devant l'ennemi, sont très-braves au feu et ne tremblent pas devant une charge à la baïonnette, — quoiqu'elles tuent parfaitement, la balle ne fait qu'un trou et la baïonnette une piqûre; le *tué* peut *tout entier* aller s'asseoir à la table d'Allah, — sont lâches en présence du sabre qui coupe le cou. Ils en ont une peur affreuse. De là, la panique que leur inspiraient autrefois les chasseurs d'Afrique tant à cheval qu'à pied.

En effet, comment, n'ayant que la tête en Paradis, jouir de ces houris, auprès desquelles les plus belles odalisques ne sont que d'affreux laidrons?

Cette croyance a encore un autre résultat.

Ne faites pas aux autres ce que vous ne voudriez pas qu'on vous fisse, dit l'Évangile. C'est parler d'or; mais, par contre, entre ennemis, quand on ne *s'aime plus du tout les uns les autres*, il est de bonne guerre qu'on fasse tout le contraire. Or, comme les Arabes ont une peur affreuse d'avoir le cou coupé, et qu'ils apprécient les conséquences que la chose peut avoir, ils *décollent* les cadavres de tous leurs prisonniers, peut-être le font-ils par charité, afin que nous soyons moins gênés dans notre Paradis, qu'ils s'imaginent être comme le leur.

C'est tout, a-t-on compris? Quant à nous, nous avons d'autant mieux compris, qu'en 1349, dans le désert des Angades, nous eussions été un vieux

camarade, décapité sans pitié, par un grand diable d'Arabe, qui avait un sabre presqu'aussi long qu'il était grand lui-même.

Il l'a payé cher l'Arabe, le coquin le méritait bien, il m'avait tué mon cheval, mon pauvre Frignolet; une larme en souvenir de ce dernier! Dans tous les cas mon moricaud n'a pas eu trop à se plaindre, comme je ne l'ai pas décapité et l'ai laissé tout entier, il pourra un jour caresser à son aise les houris de ce bon M. Allah. Grand bien lui fasse!

Revenons à notre récit :

Dans son désespoir d'avoir perdu son inséparable, le colonel ressentit le besoin de s'attacher à quelqu'un. De ce besoin d'aimer ce fut Constance qui s'en ressentit la première naturellement. Jusqu'alors elle avait été presque une enfant pour M. de Vivart, bientôt ce dernier devait l'aimer et la traiter comme si elle eût été sa propre fille.

Elle avait quinze ans alors. Le fond de son naturel était peut-être mauvais parce qu'en la gâtant outre mesure, on avait toujours cédé à tous ses caprices, mais elle était admirablement belle et gracieuse. Elle avait l'esprit d'un démon, y compris bien entendu l'ironique causticité. Quant à l'instruction, douée d'une intelligence supérieure, elle avait fait des progrès réellement étonnants, et les modestes sœurs de l'orphelinat n'avaient plus rien à lui apprendre.

Pour jouir continuellement d'une société qui lui était très-agréable, le colonel la fit revenir près de lui, et lui fit donner des maîtres de langues, de musique et de dessin.

Elle étonna tout le monde par sa facilité et ses nouveaux progrès.

Un peu myope et comme tous les gens favorablement prévenus en pareil cas, M. de Vivart était enchanté de sa pupille et criait merveille. Il était *lynx* pour découvrir la moindre qualité de Constance, mais il devenait *taupe* aussitôt qu'il s'agissait de s'apercevoir du plus horrible défaut.

Des défauts, Constance, fi donc! disait le colonel.

Cependant nous pouvons affirmer que Mlle Brio n'en manquait point. Orgueilleuse et le reste, nous garantissons qu'elle possédait déjà en germe, tout ceux qui lui étaient nécessaires pour devenir plus tard l'enchanteresse que l'on sait.

C'est ici que l'histoire commence à tourner au drame. Gare! présentons de suite le traître, puisque traître il y a, qui doit opérer ce bouleversement.

Ce traître se présentait sous les traits et l'uniforme

d'un jeune maréchal des logis, employé par M. Vivart, comme secrétaire.

En apparence, rien de plus inoffensif ; en réalité, rien de plus dangereux que cet homme.

Qu'on s'en méfie, et qu'on prenne la patience de l'attendre venir...

L'homme avait une figure assez insignifiante, il s'appelait Victor Entras, c'était le vicomte d'Aigrefin de l'avenir...

Pour tout mérite, il avait une admirable écriture, — il *moulait*, disait-on au régiment ; — était bon comptable, se conduisait hypocritement bien, et faisait *bande à part* ou *cavalier seul*, en affectant de professer un certain mépris pour ses collègues.

C'était peut-être un moyen de se faire passer pour distingué et de bonne famille. Ce moyen a réussi à plusieurs.

Au feu, c'était un soldat dont on ne dit rien. On était loin de le supposer jamais capable d'une action d'éclat.

Il portait assez bien l'uniforme, était bien vu du colonel, chez lequel il passait huit heures par jour.

M. Vivart était loin de supposer qu'en prenant Entras chez lui, il réchauffait un serpent dans son sein.

Constance et Victor se virent et ne tardèrent pas à s'aimer. La chose nous paraît à la fois si simple et si inexplicable que nous ne la commentons même pas.

Nos deux amoureux se cachaient si bien du colonel, que celui-ci n'y *voyait que du feu,* pensait le sceptique Entras.

Dans cette première affaire de sentiment, qui devait avoir de nombreux lendemains et jours suivants ; Constance, quoiqu'elle fût, sous tous les rapports, de beaucoup supérieure au futur chevalier d'industrie, fut complétement jouée.

Les choses ne se passent jamais autrement, quand la femme est à son premier pas ; mais après...

Que les jeunes gens étourdis prennent cet *après* en considération, et le méditent profondément, s'ils ont le temps.

Toujours est-il que pour cette fois, Constance prit l'amour au sérieux et aima sincèrement.

Victor n'aima que très-médiocrement, il n'avait pas assez de cœur pour être accessible à de grandes passions autres qu'une ambition effrénée.

Il avait bien autre chose à faire que de perdre son temps à faire du sentiment. Pourtant il faisait semblant d'en faire, et jouait son rôle à merveille.

Il n'était militaire que parce que le mauvais nu-

méro qu'il avait tiré l'avait voulu ainsi, et qu'il n'avait pas eu le moyen de se faire remplacer, ni mère veuve, ni frère sous les drapeaux pour l'exempter, aussi, n'avait-il, dans le principe, professé qu'un amour très-modéré pour la noble carrière des armes — absolument comme pour Constance Brio.

Mais quand cette dernière eut répondu à ses aveux, par des aveux plus brûlants encore, aveux qu'elle appuya d'une litanie de serments qui feraient pâlir un franc-maçon, il en fut tout autrement. Entras se sentit subitement envahi par la flamme dévorante d'un feu sacré. Il raffola de l'état militaire et commença à trouver un véritable prestige à l'uniforme et surtout à l'épaulette. Il ne comprit plus qu'on pût être autre chose que soldat.

En raison de ce qui s'était passé entre Constance et lui notre ambitieux avait entrevu, sur un horizon très-éloigné il est vrai, l'épaulette à gros grains de général, voire même le bâton de maréchal ; et l'un et l'autre lui appartenant bel et bien successivement.

Quel rêve !

C'était à devenir fou.

Entras n'était pas si fou qu'on le pense. Qu'on l'écoute plutôt raisonner.

« Constance m'aime, je ne puis en douter ; pour nous marier, elle attendra bien que je passe officier. En faisant le tartuffe plus et mieux que jamais, je suis sûr de passer avant deux ans, je suis porté sur le tableau d'avancement avec le n° 5. Dans deux ans, Constance aura 18 ans, moi 25 ; nous nous marierons.

Peu de temps après, le colonel qui *dégringole* tous les jours depuis la mort de son vieux Brio, crac ! *casse sa pipe.* Nous allons à l'enterrement ; et, deux jours après on trouve dans les papiers du bonhomme, un testament en bonne forme, par lequel il fait sa pupille sa légataire universelle.

Du coup je me trouve à la tête de vingt-cinq mille bonnes livres de rentes, et cela, tout bonnement parce que j'aurai été tout bêtement assez adroit pour me faire aimer de la fille d'un trompette.

Décidément il n'y a que les femmes pour nous aider à faire notre chemin. A propos, quand je serai officier, riche et le mari d'une *femme facile à produire* qui tournera toutes les têtes, je serai un niais si je ne réalise pas mon rêve d'épaulettes à gros grains et de bâton de maréchal. »

C'était clair ; il y avait bien dans le raisonnement d'Entras l'expression de *femme facile à produire,* qui était un peu louche et ambigue; mais existe-t-il des roses sans épines? excepté celles qui poussent au Bengale, nous garantissons que non. Mais au Bengale, si les roses n'ont pas d'épines, en revanche les tigres couchent dans les rosiers.

Qu'on choisisse entre les épines et ces tigres, et que tout soit dit.

Le projet d'Entras était parfaitement conçu, et rien ne lui paraissait plus facile à réaliser; mais il n'y a que ces combinaisons là qui avortent, tandis que les plus scabreuses sont couronnées d'un plein succès.

A vrai dire, Victor dans son raisonnement, allait bien, sans prévoir les faux pas, un peu comme la laitière au pot au lait de la fable; et le hasard se devait à lui-même de lui jouer le mauvais tour de passer le plus imprévu et le plus malicieux des croc-en-jambes à ses projets, si sûrement échafaudés sur le sable mouvant de la vie.

D'abord, il fit une insigne folie et une lâcheté — que pouvait-on attendre de lui? — en croyant agir avec le plus grand tact.

Pour éviter que Constance, en s'apercevant de sa nullité, ne fût traître à son nom, et ne lui fût pas constante du tout; qu'elle portât ailleurs son amour, en revenant sur son serment, il la compromit gravement.

Pour parler clairement, disons qu'il la séduisit, les suites de cette lâcheté ne se firent pas attendre. Un jour sans attacher une bien grande importance à la chose, Mlle Brio avoua au maréchal-des-logis qu'elle était dans une position qui, d'ordinaire, si elle met les jeunes femmes dans la jubilation, ne produit pas absolument le même effet sur les jeunes filles.

Victor accueillit la nouvelle d'un air contrit, au fond, il était enchanté et ravi.

Ses vœux les plus chers était exaucés.

— Maintenant, se disait-il, le colonel, quoi qu'il arrive, et aux genoux duquel nous en serons quittes pour aller nous jeter Constance et moi, ne peut faire autrement que de me faire passer officier au choix, afin de me marier de suite, et que l'enfant n'arrive pas avant le mariage.

Il est bon homme, nous avouerons notre faute, il pardonnera, nous rendra son amitié, et non-seulement nous reconnaîtra ses héritiers; mais fera encore des économies pour que l'héritage soit plus considérable.

Victor, dans sa joie et le contentement qu'il éprouvait de lui, se fût embrassé dans une glace, s'il en eût une sous la main.

Mais s'il avait ses projets, M. de Vivart, tout bonhomme qu'il était, avait aussi les siens.

Pourquoi ne les eût-il pas eus?

Depuis deux ans Constance avait quitté l'orphelinat, elle avait 17 ans; son instruction était complétement terminée, et était même très-brillante pour une femme du meilleur monde; le colonel, qui, suivant son expression se *sentait baisser tous les jours*, songea à la marier; en vue de ce mariage, il n'était pas éloigné d'avoir les intentions que lui supposait son pénétrant secrétaire : celles de laisser toute sa fortune à sa pupille.

En agissant ainsi, M. de Vivart supposait ne faire aucun tort à un neveu, qu'il ne connaissait pas et qu'il savait avoir cinquante mille francs de rentes au moins, quand lui-même n'en avait que vingt-cinq au plus.

Il y avait alors au régiment, un capitaine d'état-major, — le nom ne fait rien à la chose — doué de toutes espèces de mérites et de qualités.

Il était de bonne famille, jeune, beau, élégant, instruit, bon et brave — à 26 ans il était décoré.

Nous eussions pu ajouter et *riche*, c'eût été sa septième qualité, autant qu'il y a de péchés capitaux; mais nous eussions fait un gros mensonge. M. B...., était pauvre, il vivait avec sa solde, et s'arrangeait de façon à en avoir assez, sans faire crier des créanciers après lui.

C'était un mérite de plus, la septième qualité de l'officier d'avoir de l'ordre, aux yeux de M. Vivart, qui n'était cependant pas un Arpagon.

Le colonel avait le capitaine en grande estime, et ce fut à lui qu'il se décida à confier le bonheur de Constance.

Cette idée lui vint d'autant plus facilement, qu'il avait cru remarquer certaine intelligence entre eux; et, de cette intelligence muette et de bonne compagnie, à l'amour le plus vif, il n'y avait qu'une paille à sauter, aux yeux du colonel peu clairvoyant.

La vérité était que le capitaine aimait sérieusement Constance; et que celle-ci feignait de le préférer à tout autre, afin de mieux cacher son amour pour Entras, qu'elle rudoyait de son mieux en public.

Dieu sait ce que c'était que d'être rudoyé par la caustique et impitoyable jeune fille.

Une fois en train, comme ces fameux chevaux de course, elle allait plus loin que le but, plus loin qu'elle ne le voulait elle-même. Alors, Entras payait cher ses bonheurs du tête à tête. Plus d'une fois, M. Vivart, qui pensait que sa pupille exécrait le malheureux secrétaire, s'était vu forcé de prendre la défense de ce dernier.

La tête pleine de ses projets, un matin, après le rapport, le colonel dit au capitaine :

— Restez, M. de B..., j'ai à vous parler.

Le capitaine obéit.

Puis après, le colonel et l'officier étaient enfermés et causaient dans le cabinet du premier.

Le bureau du secrétaire était contigu au cabinet de M. de Vivart, une porte de communication existait. En tartuffe qu'il était, d'Entras alla, à pas de loup, appliquer son oreille à la serrure de la porte, afin de ne point perdre un mot de ce qui se dirait de l'autre côté.

Résumons ce qu'il entendit à son grand désappointement, et en donnant des signes fréquents de colère et de rage.

M. de B..., fit le colonel, sans autre préambule, vous sentez-vous quelques dispositions pour le mariage?

— Cela dépend, colonel.

— Comment, cela dépend, reprit le colonel d'un ton jovial et de bonne humeur, vous ne savez pas si c'est oui ou si c'est non, qui diable le saura pour vous? C'est oui, n'est-ce pas? avec cela que vous avez tant à gagner à rester vieux garçon. Regardez-moi, j'ai été comme vous, j'ai [dit] non quand j'aurai pu dire oui, et vous...

— D'abord, mon colonel, je vous ferai observer que je n'ai pas dit non, fit observer M. de B... en souriant.

— Ah! c'est vrai.

— J'ai dit cela dépend.

— Réponse peu catégorique.

— Veuillez bien, mon colonel, prendre la peine de continuer, cela me rendra sans doute aussi explicite que vous le désirez.

— Qu'est-ce que je vous disais?

— Que vous avez dit non...

— Quand j'aurais pu dire oui, c'est cela même reprit le colonel. Eh bien, voyez-moi aujourd'hui, je suis vieux célibataire, très-vieux même, je suis seul dans la vie, je n'ai ni femme ni enfants, pour me dorer la pillule du diable de moment où je serai mis à la retraite.

— N'avez-vous pas votre pupille?

— Ah! mon gaillard que vous êtes prompt à mettre ma pupille en avant. Diantre! quel feu!...

— Dam! mon colonel, je ne vous dis qu'une chose très-naturelle.

— Eh bien qu'en pensez-vous de ma pupille?

— Comment...

— Oui, qu'en pensez-vous?

— Je ne sais.

— M. de B... était sérieusement embarrassé, le colonel vint à son aide.

— Eh bien, capitaine, reprit-il gaiement; je ne veux pas vous tenir plus longtemps sur le gril. C'est de Constance dont il s'agit, quand je vous parle de mariage; maintenant que vous savez à quoi vous en tenir, me répondez-vous toujours : cela dépend ?

— Oh! non, mon colonel, répondit M. de B... qui, s'il eût osé se fût jeté au cou de son supérieur.

— Comment, vous croyiez que moi qui aime réellement ma pupille, comme si elle était ma propre enfant; j'allais, en prenant ma retraite, ce qui ne tardera pas, l'emmener dans quelque trou bien sombre, bien ignoré, bien obscur. Oh! non pas, mordieu! Agir ainsi, serait le comble de l'égoïsme, serait manquer à la reconnaissance que je lui dois, pour les bons soins et les attentions qu'elle m'a prodigués.

Constance doit jouir de la vie sous son bon côté. Elle doit connaître et user des joies du ménage et de la famille. Elle sera riche et je la doterai; donc, avec un mari qu'elle aimera et qui le lui rendra bien, elle doit être heureuse, elle le sera.

Maintenant, soit dit entre nous, elle a du sang de soldat dans les veines — et je ne m'en plains pas; — c'est ce qui m'a décidé à la marier à un militaire, et quand j'ai eu à choisir c'est vous que j'ai pris. Êtes-vous content à présent et direz-vous encore cela dépend?

— Oh! non, mon colonel.

— C'est oui, alors.

— De tout mon cœur.

— A la bonne heure.

— Mais je ne sais comment.....

— M'exprimer votre reconnaissance; fit le brave et digne colonel, vous voyez que je devine très-bien ce que vous alliez dire; eh bien, pas un mot de plus sur ce sujet, ou je vous flanque aux arrêts pour 8 jours; et, en cas de récidive *j'allonge la courroie*, jusqu'à ce que je vous aie fait fourrer à la prison de ville.

Est-ce compris?

— Parfaitement.

— Décidément, nous étions faits pour nous comprendre; puis, franchement, en fait de reconnaissance, nous allons examiner quel sera le débiteur ou le créancier..

— Vous allez peut-être essayer de me faire croire que je vous débarrasse de votre pupille en l'épousant.

— Je ne prétends d'abord pas me débarrasser de Constance, écoutez-moi.

— Je suis tout oreilles.

— Quand vous serez mariés, Constance et vous, et c'est comme si vous l'étiez, que je serai un peu plus vieux, que j'irai vous demander pour passer mes vieux jours, s'il y a chez vous *place au feu et à la chandelle*, pour un vieil invalide comme je serai; croyez-vous que ce ne sera pas moi qui vous devrai de la reconnaissance, surtout, si tous les ans, vous me faites un gros garçon, à qui je puisse apprendre un jour l'exercice?

— Tous les ans, comme vous y allez, colonel, fit le capitaine en riant.

M. de Vivart se leva.

— Allons, capitaine, c'est convenu; dit-il à M. de B..., en lui tendant la main.

— Vous avez ma parole.

— Et je sais que c'est celle d'un honnête homme. Eh bien, je vous invite à me faire officiellement la demande de la main de ma pupille, Constance Brio, termina M. de Vivart.

— Merci, colonel.

Les deux officiers étaient debout. M. de B..., allait sans doute sortir du cabinet, reconduit par son chef; d'Entras, pâle comme un spectre, tremblant comme une feuille, regagna son bureau en chancelant.

Il était anéanti.

Ce qu'il avait prévu arriva, le colonel reconduisit M. de B..., jusqu'au jardin, puis il rentra.

En se renfermant dans son cabinet, il murmura, en levant son regard vers le ciel, et les yeux pleins de larmes:

— Brio, si du ciel, où tu es bien certainement, tu as vu ce que je viens de faire, tu dois être content de moi; car il m'en coûte de me séparer de notre enfant. Mais, le jour où je me suis aperçu que je l'aimais autrement qu'en père, je ne pouvais agir autrement.

Le colonel avait prononcé ces paroles, sans supposer que le misérable qui veillait à sa porte que le serpent qu'il avait réchauffé dans son sein pouvait les entendre.

Ce misérable devait bientôt devenir un criminel, un scélérat....

VI

LE CRIME

Victor d'Entras était tourmenté, après la conversation et l'exclamation échappée au colonel qu'il venait d'entendre, par des préoccupations si graves, qu'il éprouva bientôt le besoin d'être seul.

Aussitôt que son service le lui permit, il se retira dans la mansarde qu'il occupait chez le colonel et s'y enferma.

Assis sur une chaise, il appuya ses mains sur ses genoux, laissa tomber sa tête dans ses mains et se prit à réfléchir.

Ce fut d'abord comme un affreux chaos, auquel il ne distinguait rien, dans son esprit. Les faits se heurtaient, s'entremêlaient, sans qu'il pût rien en déduire.

Chacun de nous a son Méphistophélès bien plus que son ange gardien ici-bas. Le premier — et jamais il ne nous fait défaut — c'est le mauvais conseiller qui vient pour nous perdre à nos heures de découragement, de faiblesse et de désespoir.

Les hommes forts le repoussent, lui crachent au visage et luttent.

Aux gens faibles il conseille l'ivrognerie, et ceux-ci appellent cela : noyer leur chagrin au fond du verre.

Aux mauvaises natures, il conseille le crime.

D'Entras était une mauvaise nature, et, comme tant d'autres malheureusement, il eut son Méphystophélès.

Peu à peu la lumière se fit jour dans son esprit, les faits se coordonnèrent selon leur importance et s'enchaînèrent de façon à lui représenter parfaitement la position dans laquelle il se trouvait.

Il était dans la situation d'un homme qui, ayant rêvé le ciel, verrait tout à coup l'enfer béant à ses pieds.

Il voyait ses rêves brisés.

Adieu l'avancement et les dignités qu'il s'était cru si certain de posséder un jour.

Il aimait si peu Constance qu'il n'eut pas même l'ombre d'une pensée pour elle.

En revanche, avant de s'avouer vaincu, il établit une comparaison entre M. de B... et lui.

Cette comparaison, de son aveu tacite, n'ayant pas été à son avantage, et son sang-froid lui étant complètement revenu ; il murmura :

— Allons, rien n'est encore perdu, nous en serons quitte pour changer nos batteries de place.

Déjà, à cette époque, et comme on n'a pu en juger, d'Entras avait l'habitude de raisonner ; il raisonnait avec ce sang-froid qui caractérise les grands criminels.

— Constance, se dit-il, est enceinte et n'aime pas M. de B..., elle ne peut donc l'épouser, et ne l'épousera pas ; il n'y a rien à craindre de ce côté.

Mais, si elle avoue sa position et cette position ne peut pas toujours rester un mystère — à M. de Vivart, ce dernier, qui n'est pas son père après tout, et qui l'aime

ne se croira plus obligé de respecter une jeune fille ayant forfait à l'honneur.

Alors, de deux choses l'une :

Ou elle se donne à M. de Vivart qui la fait son héritière.

Ou elle lui résiste et il la renonce, la chasse comme une jeune fille ayant démérité dans son estime.

Dans les deux cas, je suis honni, conspué, vilipendé, cassé et le reste : et l'héritage me passe devant le nez.

Diable !

Sur cette conclusion si satanique, qu'elle fût et fort peu rassurante, l'ambitieux maréchal des logis se remit à réfléchir.

Il reprit peu après :

— Voyons n'y aurait-il pas un moyen de parer cette botte là ? D'après ce que le colonel a dit à M. de B..., il est probable qu'il a fait son testament. C'est un homme de précautions, il ne peut manquer de l'avoir fait.

Prenons donc un parti comme s'il l'avait fait.

S'il en était ainsi et qu'il vînt à mourir, qu'en résulterait-il ?

Après s'être posé cette question, Victor hésita, il était affreusement pâle.

Son Méphistophélès venait de lui suggérer une idée véritablement infernale.

Il continua presque haletant.

Il en résulterait que Constance hériterait, qu'elle refuserait d'épouser M. de B... que je prendrais mon congé, et que je pourrais l'épouser ; car sans savoir ce que je lui ai fait, je crois l'avoir ensorcelée, cette fille.

Entras se leva tout à coup avec une sombre résolution étincelant dans les yeux.

Il avait pris son parti.

— Que le colonel ait fait ou n'ait point fait son testament, — il faut en courir la chance ; il doit mourir, il faut qu'il meure, il mourra.

Le crime était décidé, il ne s'agissait plus que d'en arrêter l'exécution et de lui assigner une heure.

— Je le poignarderai cette nuit, finit par dire le futur d'Aigrefin.

On voit que pour son premier crime, Entras n'était pas long à se décider.

Il se mit aussitôt à faire la pointe d'un morceau de lame de fleuret assez court, qu'il avait préalablement emmanché dans une poignée de bois.

Malheureuse, tu veux donc me perdre ! *page 27.*

Il fit tout cela avec un sang-froid inconcevable et sans se dire que l'homme qu'il se préparait à frapper avait été son bienfaiteur et l'était même encore.

Ce ne fut que dans la journée qu'il se sentit mal à l'aise, en présence de M. de Vivart.

A trois heures, il lui demanda la permission de la nuit.

— On se débauche, Entras ? lui fit observer le colonel en riant.

— Dame, mon colonel.

— Oh ! je ne vous demande pas vos secrets.

— Vous me donnez la permission ?

— Oui.

Entras partit de suite afin de ne pas avoir à se trouver en présence de Constance.

Il s'était muni de son stylet improvisé, qu'il avait glissé dans l'une de ses bottes.

Il alla au café des sous-officiers où il resta jusqu'à onze heures, et fit plusieurs parties de piquet et de billard, sans qu'aucune émotion n'agitât sa physionomie.

A minuit, il quitta le secrétaire du trésorier.

— Rentres-tu ? lui demanda ce dernier.

— Non.

— Où vas-tu ?

— Passer la nuit chez la Lyonnaise.

Entras pensait à se créer un alibi. Il avait pris toutes ses mesures.

La Lyonnaise était une fille qui raffolait du militaire en général et du sous-officier en particulier. Brun, blond ou roux, peu lui importait.

Elle demeurait au rez-de-chaussée, dans une chambre qui ouvrait par deux croisées et une porte sur une ruelle étroite, sombre et déserte.

Entras frappa à la porte de la Lyonnaise.

— Qui est là?

Le sous-officier n'eut qu'à se nommer pour se faire ouvrir.

Il apportait de quoi souper ; l'on se mit à table.

Une heure plus tard la Lyonnaise dormait profondément, victime d'un narcotique puissant.

Entras la déshabilla, la coucha, puis, il ouvrit doucement une fenêtre, sauta dans la rue et repoussa le volet derrière lui, mais sans le fermer.

Il prit à un pas ordinaire le chemin qui devait le conduire chez le colonel.

On était au mois de juillet, il portait la tenue d'hiver et il avait froid.

En mettant la main sur son cœur, comme pour en comprimer les battements, il ne sentit rien.

— Aurais-je peur? se dit-il.

Aussitôt arrivé, il introduisit la clef dans la serrure ; la porte s'ouvrit devant lui.

Deux mots sur la maison du colonel et sur ceux qui l'habitaient avec lui.

Le colonel habitait une charmante maison n'ayant qu'un étage; au rez-de-chaussée, était son cabinet où avait eu lieu entre lui et M. de B..., la scène que nous avons racontée. Une vaste pièce servant de bibliothèque faisait pendant à ce cabinet, l'un à gauche, l'autre à droite, séparés par un large et long couloir ouvrant à une de ses extrémités sur une cour, et de l'autre sur un jardin planté de bosquets et d'arbustes peu élevés.

Au premier étage, au-dessus du cabinet se trouvait la chambre à coucher du colonel, au-dessus de la bibliothèque était celle de Constance Brio.

Ces deux pièces étaient séparées par un couloir, absolument comme le cabinet et la bibliothèque du rez-de-chaussée; cependant, on ne pouvait élever la voix ou jeter un cri dans l'une des chambres, sans que la personne habitant l'autre chambre ne l'entendît parfaitement.

Entras occupait une mansarde au-dessus de la chambre de Constance, et le brosseur du colonel couchait au-dessus de ce dernier.

Rien n'était plus simple que cette distribution.

Entras avait un passe-partout de la petite porte de service que nous lui avons vue ouvrir. Il pénétra, en se glissant avec des allures de reptile dans le jardin, et s'assura que tout le monde reposait dans la villa.

Tout était sombre, les fenêtres de Constance étaient seules éclairées. La jeune fille avait l'habitude de dormir avec une veilleuse placée à son chevet.

L'homme qui, de sang-froid, se prépare à commettre un crime aussi épouvantable qu'Entras, n'est jamais exempt de ces terreurs folles, de ces cruelles appréhensions qui sont comme les avant-courriers du remords, qui tôt ou tard doit un jour obséder le misérable.

Le futur vicomte d'Aigretin ressentit le terrible effet de cette loi générale. Une sorte de terreur envahit son esprit, une sueur froide inonda son front, ses cheveux se hérissèrent en quelque sorte sur son crâne, et il sentit son cœur se serrer sous l'influence d'un épouvante sans nom.

Il comprit que le sang-froid et l'énergie qui lui étaient si nécessaires allaient sans doute l'abandonner.

Alors, il eut hâte d'en finir.

Il serra convulsivement l'instrument qui devait lui servir à accomplir le crime et monta rapidement l'escalier qui le séparait du premier étage.

La clef du colonel était sur la serrure, l'ambitieux maréchal des logis connaissait cette habitude de son supérieur. Il ouvrit la porte très-doucement, M. de Vivart ne dormait que d'un sommeil très-léger, de graves préoccupations l'assiégeaient.

Souffrant de son amour pour sa pupille dont il avait si généreusement fait le sacrifice, son sommeil était tourmenté par un cauchemar continuel; et quoique physiquement endormi, il avait parfaitement conscience de tout ce qui se passait autour de lui.

Le bruit que fit le sous-officier, si léger qu'il fût, en ouvrant la porte, le réveilla complètement; pourtant l'obscurité ne lui permettant pas de reconnaître celui qui entrait chez lui, il s'écria :

— Qui est là ?

En trouvant le colonel éveillé, Entras eut un moment d'hésitation, à savoir s'il devait rester ou reculer. Ses instincts cupides et sanguinaires le poussant en avant, afin que M. de Vivart n'eût point le temps d'appeler du secours, il se précipita sur lui et le frappa d'un premier coup de son stylet. Probablement que sa main mal assurée et mal dirigée ne porta le coup qu'au juger, sans qu'Entras se rendit bien compte de l'endroit où il avait frappé.

Le colonel cria :

— Au secours ! à l'assassin !

Son chasseur qui dormait sans doute profondément, ne fut pas réveillé par ces cris ; mais Constance le fut.

Elle aimait sincèrement et par reconnaissance M. de Vivart, qui avait toujours été si bon pour elle. Cette sorte d'affection filiale et son amour pour Entras étaient les deux seules passions qui eussent jamais pénétré dans son cœur.

Elle se jeta bas de son lit, se précipita hors de sa chambre, une lumière à la main.

Elle fut bientôt sur le théâtre du crime.

Quand elle vit M. de Vivart déjà mortellement blessé, se débattant sous le poignard du meurtrier et qu'elle eut reconnu Entras son amant, elle s'arrêta stupéfaite, elle ne comprenait rien à ce crime ; un instant elle crut que le maréchal des logis était fou, et qu'il n'agissait comme il le faisait que parce qu'il était dans un moment d'aberration complète tenant de la rage.

Terrifiée, et en proie à une affreuse épouvante, elle ne put d'abord ni jeter un cri, ni faire un mouvement pour arrêter le bras du misérable assassin.

Elle laissa échapper le flambeau qu'elle tenait à la main ; et jeta ce grand cri sur un ton d'indéfinissable angoisse :

— Grand Dieu !

M. de Vivart avait eu le temps de reconnaître son assassin, et cherchait à se défendre contre lui.

Constance finit, sans réfléchir qu'elle pouvait perdre son amant, par appeler du secours. Les cris et le bruit de la lutte devaient inévitablement réveiller le brosseur du colonel.

Ce fut ce que pensa Entras. Dominé par cette crainte, il se précipita sur Constance en s'écriant :

— Malheureuse ! tu veux donc absolument me perdre. Si tu savais ce qui s'est passé et les raisons qui m'ont déterminé à commettre ce crime. Cet homme, qui n'est plus qu'un cadavre, avait formé le projet de te marier, tout en t'aimant lui-même avec passion. Pouvais-je, te sachant enceinte, lui laisser réaliser de tels projets, surtout, quand j'étais certain que tu m'aimais ? Tes intérêts et mon amour te font ma complice. Quelqu'un va venir sans doute, fuyons vite, si tu ne veux pas que nous soyons perdus tous deux si nous étions surpris ici. Ta tête est aussi compromise que la mienne. Fuyons, nous n'avons pas une seule seconde à perdre, le temps presse....

En s'exprimant de la sorte, Entras poussa presque rudement la Brio et la força en quelque sorte à sortir de la chambre du colonel.

Constance, sans avoir bien compris ce que lui disait son amant, se laissa enfermer dans sa chambre. Quant à l'assassin, il disparut aussi mystérieusement qu'il avait pénétré dans la maison et alla passer la nuit chez la Lyonnaise, afin de se créer un alibi, pour le cas où des soupçons s'élèveraient contre lui.

Le colonel, quoiqu'en eût pensé Entras, n'était pourtant que mortellement blessé. Il avait même conservé assez de présence d'esprit pour parfaitement entendre tout ce que le meurtrier avait dit à Constance.

Aussitôt que ces deux derniers se furent éloignés, le colonel indigné de ce qu'il venait d'apprendre des relations du maréchal des logis et de Constance, et comprenant que le premier avait eu raison d'accuser la seconde de complicité avec lui, devina en partie le motif cupide qui avait armé la main du misérable secrétaire. Aussitôt que cette conviction se fut fait jour dans son esprit, il songea à déjouer les projets des deux amants.

Comme l'avait pensé Entras, le colonel, voulant assurer la position future de sa pupille, avait fait son testament en faveur de cette dernière, et lui avait laissé toute sa fortune sauf quelques legs de peu d'importance qu'il avait eu l'intention de laisser à différent soldats ou parents éloignés qu'il connaissait à peine.

Le testament était enfermé dans un secrétaire qui se trouvait lui-même dans la chambre du colonel, à deux pas du lit sur lequel il gisait blessé.

Le colonel eut aussitôt la pensée de détruire l'acte

par lequel il reconnaissait Constance pour sa légataire universelle.

Lorsqu'il supposa qu'Entras avait eu le temps de s'éloigner, réunissant toutes ses forces et faisant un violent effort, il parvint à se mettre bas de son lit ; il se dirigea vers le secrétaire qu'il réussit à ouvrir avec de grandes difficultés. S'étant emparé du testament il le déchira d'abord, et en jeta les morceaux au feu qui flamboyait encore dans la cheminée, vers laquelle il était parvenu à se traîner à grand peine.

L'acte de destruction fut consommé en quelques instants.

Aussitôt qu'il eut achevé de mettre ce projet à exécution, M. de Vivart dont les forces étaient épuisées par l'effort qu'il venait de faire, s'évanouit complétement.

L'infortuné vieillard ne devait pas recouvrer l'usage de ses sens. Ne recevant aucun secours de personne, il expira sans avoir eu la force de jeter un cri pour appeler à son aide, et sans avoir pu révéler à qui que ce fût le nom de son meurtrier.

Le lendemain, le brosseur de M. de Vivart, en pénétrant pour son service dans la chambre de ce dernier, fut très-surpris de le trouver assassiné. Seul, il fut arrêté, passa en jugement ; mais, quoique de graves préventions existassent contre lui, comme l'accusation ne put parvenir à réunir des preuves irrécusables de sa culpabilité, il fut acquitté et fort heureusement mis en liberté.

Quant à l'ambitieux maréchal des logis, il ne fut ni inquiété ni même soupçonné, grâce au témoignage de la Lyonnaise et du maréchal des logis secrétaire du capitaine d'habillement, il parvint à prouver facilement, qu'ayant obtenu une permission de la nuit signée par le colonel, il n'avait pas passé la nuit chez ce dernier, l'alibi était si évident que tout le monde fut forcé d'y croire.

Quant à Constance Brio, on ne pouvait mettre un instant son innocence en doute.

On la trouva enfermée à double tour dans sa chambre. La porte était fermée du dehors et il parut évident à tous que cette mesure avait été prise par les assassins afin d'empêcher la jeune fille de porter secours à son protecteur. La Brio comprit que, pour ne pas être elle-même compromise, elle devait faire tous ses efforts pour disculper Entras et lui éviter jusqu'aux tracas d'une prévention.

Elle affirma que les assassins avaient pénétré dans la maison sans faire le moindre bruit et qu'elle n'avait rien entendu.

L'enquête, ne parvenant pas à se mettre sur la piste du vrai coupable, finit par accuser les Arabes du meurtre de M. de Vivart. Toutes les recherches, toutes les poursuites, si actives qu'elles furent, dirigées contre ces derniers, n'aboutirent à aucun résultat puisqu'on faisait fausse route.

Deux mois après la mort du colonel, il n'en fut plus question et l'affaire fut définitivement abandonnée.

Mais le futur vicomte d'Aigrefin fut singulièrement trompé dans ses espérances, et cette déception lui fit apporter quelques modifications à ses projets sur la Brio.

Quand il sut que cette dernière n'héritait en rien du colonel, il renonça complétement à l'intention qu'il avait d'abord eue de l'épouser ; l'assassin était de ces hommes qui, en prenant femme, ne s'occupent que du chiffre de la dot qu'elle doit leur apporter.

Afin de cacher sa position, la Brio, conseillée par son amant, ne tarda pas à quitter Bône et vint s'installer à Paris où, sous le nom du chevalier d'Aigrefin, le chevalier d'industrie la rejoignit, après avoir pris son congé et dit adieu à la carrière militaire et au drapeau du régiment.

Nous avons dit de quelle façon peu honnête le couple vivait à Paris. Avant de le présenter à l'œuvre, nous dirons seulement que la Brio, après avoir fait des couches très-heureuses, s'était très-peu scrupuleusement débarrassée de son enfant, en le mettant aux Enfants-trouvés.

VII

UN RAOUT CHEZ LA BRIO.

C'était donc huit jours avant l'ouverture de l'Exposition, cette grande affaire que Constance et ses amis comptaient si bien exploiter; c'était la veille du jour où un voleur inconnu devait si singulièrement enlever le plan de Paul, le contre-maître de M. Léonard Guillaume.

C'était également le soir du jour où la Brio devait donner un grand dîner suivi d'une soirée et traiter grandement et largement les étrangers que devaient lui recruter d'Aigrefin et Plumet, un digne ami du vicomte.

Inutile de dire que les étrangers étaient d'avance considérés comme autant de pigeons bons à plumer; on exigeait peu qu'ils fussent nobles, mais de toute nécessité ils devaient être riches.

Il était onze heures du soir. La réunion est sinon brillante du moins très-animée. Autour d'une table supérieurement servie et splendidement éclairée, la Brio a réuni quatorze personnes : huit hommes et six femmes.

Les huit hommes sont, en commençant par nos connaissances :

Le vicomte d'Aigrefin, son ami Plumet et Lora Kervigan, le protecteur presque ruiné de la Brio, que M. Guillaume ne désespère pas de se donner pour beau-père, quoique l'Anglais soit deux ou trois années plus jeune que lui.

Le vicomte a amené quatre étrangers dont il a fait connaissance, nous serions très-embarrassé de dire où et comment.

Il y a d'abord un prince russe nommé Stoilcy; c'est un homme de quarante ans, d'une figure assez insignifiante. Il parle peu; sa réputation de millionnaire et de générosité n'a éprouvé aucune difficulté à lui faire ouvrir à deux battants la porte des salons de Constance. Il partage cet honneur avec trois autres millionnaires, trois riches exposants : l'américain Palmer, le juif arabe Jacobi et le Siamois Kan-

noë-kan ; ces deux derniers portent le costume indigène de leurs pays respectifs et savent à peine un mot de français; ils paraissent très-étonnés de se trouver où ils sont et seraient sans doute fort embarrassés de dire pourquoi ils y sont venus.

Plumet a de son côté amené son personnage, un riche exposant bysantin se nommant Ben-Ali ; lui aussi porte la tenue de son pays, mais il parle si purement le français qu'on le croirait plutôt né sur les bords de la Seine qu'à Constantinople.

Comme sous les différents noms de Bancroche, du comte d'Espailly et du marquis des Ursins, cet homme doit jouer un rôle très-important dans ce récit, faisons-lui l'honneur d'une description toute particulière.

Notre Bysantin peut avoir cinquante ans; mais il serait très-difficile de bien préciser son âge au seul aspect de sa physionomie, tant l'expression de ses traits est mobile, une longue barbe blanche très-fournie contribue beaucoup à lui donner un air vénérable et imposant. Ses yeux petits mais vifs et brillants pétillent d'intelligence. Ses lèvres minces, son nez recourbé en forme de bec d'oiseau; son front haut et large, son crâne en grande partie dénudé achèvent de donner à sa physionomie une expression large et remarquable. Pourtant, si on ne se contente pas de juger cette physionomie à première vue, et qu'on la soumette à un examen plus détaillé, on sent instinctivement un sentiment de répulsion pour cet homme, tant son sourire paraît faux, tant son regard reflète d'astuce, de finesse et de duplicité.

Notre exposant est peut-être le plus riche commerçant en pierres fines de l'univers, pas un pays qu'il n'explore et où il ne fasse des affaires. Du moins, telle est la réputation qu'il s'est faite ou qui l'a précédé à Paris. On va jusqu'à dire qu'il vient pour exposer et vendre des bijoux fort rares et d'une magnifique beauté.

On verra bientôt le cas qu'il fallait sérieusement faire de cette réputation mensongère établie si légèrement. Pour nous Ben-Ali n'est rien moins qu'un joaillier, et ce qu'il vient faire à Paris est beaucoup moins innocent que d'exposer et vendre des bijoux.

Quoiqu'il en soit, comme on peut se figurer facilement quelle doit être la réputation de fortune d'un homme qu'on accuse de remuer des diamants et des perles fines au boisseau et à la pelle, on peut supposer avec quel fol enthousiasme Ben-Ali a été reçu chez Constance.

Toute la nichée féminine n'a des regards, des sourires, des soins et des attentions que pour ce nabab qui, à lui seul, semble posséder toutes les mines de Golconde et tous les trésors du Pérou.

Les cinq femmes qui, avec la Brio, se partagent les honneurs de la soirée, sont cinq amies de Constance ; toutes elles sont beaucoup moins jolies, mais nous pouvons affirmer qu'elles valent pour la plupart un peu mieux sous le rapport moral.

Au moins il y a compensation. Elles sont généralement connues dans un certain monde sous les noms de guerre suivants : Blondine, Rougette, Cascade, la Chevalière et la Princesse.

Toutes blondes ou brunes, sont de bonnes et joyeuses filles, douées d'un goût effréné pour les colifichets ruineux et le champagne, toutes fort dangereuses, à moins qu'on ne soit assez riche pour puiser dans un coffre-fort où il n'y ait qu'à se baisser pour en prendre, ce qui n'est pas si commun qu'on pourrait le croire.

Le champagne pétille dans les verres et nous pouvons affirmer, sans qu'on nous accuse d'exagération, que les têtes, celles des cinq dames que nous venons de nommer surtout, sont singulièrement échauffées. Quel entrain, quel babille ! Inutile de dire que ces dames ne sont pas plus charitables que des dames infiniment plus comme il faut, et que la médisance est à l'ordre du jour.

Tout à coup Constance s'écrie :

— Allons, trêve de cancans et de méchanceté. A nous voir on nous prendrait pour des portières. Parlons un peu du grand événement du jour ; de cette fameuse Exposition dont on dit merveille et qui occupe tous les esprits.

— Oui, parlons de l'Exposition, fit le vicomte d'Ai-

grefin ; et portons un toast au plein succès de cette grande et libérale affaire et à la santé des braves exposants de tous les pays et de toutes les professions.

— Combien je sais de gens qui se joindraient volontiers à vous, vicomte, pour porter le toast dont vous venez de parler, fit lord Kervigan.

— Que voulez-vous dire, milord ?

— Que si ces expositions contribuent beaucoup à la prospérité des États, que si elles concourent puissamment au développement des arts et de l'industrie, elles engendrent aussi de grandes calamités.

— Expliquez-vous mieux ? demanda le vicomte.

— Je veux dire, reprit l'Anglais, qu'il arrive souvent que ce sont des gens qui n'ont en apparence rien à démêler avec les expositions, qui en retirent les plus gros bénéfices. En ce moment, Paris fourmille d'une population interlope ; l'écume de toutes les nations. Vous passeriez des jours entiers à compter et à analyser, si la chose était possible, tous les filous, bandits, chevaliers et femmes galantes, qui espèrent bien exploiter la crédulité et l'inexpérience des étrangers attirés par la curiosité. Un de mes amis, arrivé d'hier, et débarqué à l'hôtel du Louvre, a déjà été victime d'un adroit pic-poket, qui était mis comme un prince, et ne devait inspirer que de la confiance au plus méfiant des voyageurs.

— Oh ! racontez-nous la chose, milord ; ce doit être très-drôle, fit Cascade.

— Très-drôle pour vous et pour ceux qui entendront le récit ; mais très-ennuyeux pour mon ami, qui n'est nullement disposé à en rire.

— Eh bien, mon ami, reprit lord Kervigan, sur une nouvelle invitation d'une des dames, avait quitté l'hôtel pour faire un tour.

Cette promenade avait deux buts, le premier et le plus important, celui de changer des valeurs anglaises contre de l'or français ; l'affaire était assez importante, il s'agissait de soixante mille francs. Mon ami avait en outre l'intention de visiter plusieurs monuments. En déjeunant à l'hôtel, et devant plusieurs personnes, il commit la faute assez grave de dire quelles étaient ses intentions, en demandant l'adresse d'un banquier, pour lequel il avait une lettre de recommandation.

Aussitôt un voyageur, Anglais comme lui, et mis avec une recherche qui trahissait une certaine position et qui prétendait connaître parfaitement

Paris, où il était, disait-il, déjà venu plusieurs fois se mit fort courtoisement à la disposition de mon imprudent ami, pour l'accompagner, soi-disant, dans sa double excursion.

Mon ami, qui n'avait aucune raison pour concevoir d'injurieux soupçons contre l'inconnu, accepta, peut-être un peu légèrement, l'offre de son compatriote.

Ce dernier lui tiendrait lieu de compagnon ; tous deux pourraient causer, en parlant la langue de leur pays.

Nos deux Anglais partirent aussitôt; chemin faisant ils se mirent à parler de choses indifférentes ; mais, bientôt et de la façon la plus naturelle du monde, l'adroit et élégant filou demanda à mon ami si la somme qu'il avait à changer était importante et quelles étaient le genre de valeurs à donner contre l'or français.

— Oh ! mon Dieu, répondit imprudemment mon ami à cette insinuation, qui aurait cependant dû éveiller sa méfiance, les valeurs, ce sont tout simplement des banck-notes anglaises ; vous voyez que rien n'est aussi facile à changer, j'en ai pour soixante mille francs.

— Diable ! fit le voleur, chez un banquier, on va vous prendre un droit de change de trente centimes pour cent.

— Vous croyez ?

— J'en suis moralement convaincu, et cela fait cent quatre-vingts francs que vous aurez à donner pour changer vos soixante mille francs.

Mon ami est aussi avare qu'il est peu intelligent; le filou l'avait sans doute jugé [sur la mine. La somme de cent quatre-vingts francs lui parut une somme exorbitante qu'il lui parut bon d'économiser si faire se pouvait.

— Diable ! dit-il, cent quatre-vingts francs, c'est affreux !...

— C'est le cours aujourd'hui, trente centimes pour cent; comptez vous-même, si cela fait bien les cent quatre-vingts francs.

— En effet, le compte est juste, mais si on pouvait économiser cette somme.

— C'est facile, en allant ailleurs que chez un banquier ou un changeur.

— Que voulez-vous dire ?

— Que je connais un homme qui demeure rue du Ponceau, et qui, en tous temps, a besoin de valeurs anglaises, en raison des grandes relations commerciales qu'il entretient avec nos compatriotes. C'est un brave et honnête homme, peut-être bien qu'il ne nous prendra rien pour vous changer vos banck-notes, dans tous les cas, je garantis qu'à ma prière, et seulement pour m'être agréable, il ne vous demandera pas plus de cinq centimes pour cent, ce qui vous fera une dépense de trente francs au lieu de cent quatre-vingts.

— Voulez-vous venir chez lui ?

— Volontiers, une économie de cent cinquante fr. mérite bien la peine qu'on fasse la course.

— Partons alors.

Mon ami et son singulier guide prirent une voiture et ne tardèrent pas à arriver rue du Ponceau, où ils trouvèrent l'officieux changeur.

On lui exposa aussitôt la chose.

— Diantre ! répondit-il, je ne demande pas mieux que de faire l'affaire, et sans vous rien prendre ; car, je vous avouerai franchement, que j'ai justement un besoin urgent des valeurs que vous m'offrez.... Mais, aujourd'hui, je ne puis vous remettre que vingt-mille francs, si vous n'êtes point très-pressé, dans deux jours, je tiendrai les quarante mille francs restant à votre disposition.

— Je les voudrais en or ?

— Je vous les donnerai comme aujourd'hui, en pièces de cinquante francs, et par rouleaux de mille francs.

Mon ami était enchanté, il accepta sur le champ la proposition.

Il remit vingt-mille francs de banck-notes anglaises et reçut en échange vingt rouleaux de mille fr. entièrement composés de pièces de cinquante francs; il compta ses vingt mille francs. Le compte y était parfaitement, et les pièces étaient bonnes.

Deux jours plus tard, — c'était alors que mes fripons l'attendaient — lord B... reçut ses quarante nouveaux rouleaux, qu'il plaça sans compter auprès des premiers.

Ils avaient été apportés par son officieux voisin, qui prétendait les avoir vérifiés chez l'homme de la rue du Ponceau, et affirmait que le compte était juste.

C'eût été lui faire une injure grave que de compter devant lui l'or des rouleaux.

Mon ami ne le fit pas et remit le reste de ses

banck–notes, sans supposer qu'il était victime d'un vol et de deux adroits compères.

En deux mots, je puis vous finir le dénoûment de l'histoire.

Le premier filou ne se remontra pas à l'hôtel ; quant au second il disparut de la rue du Ponceau.

— Mais les rouleaux? demanda Blondine.

— En apparence ils étaient de la même longueur et de la même grosseur que les premiers.

— Mais en réalité?

— En réalité, quand mon ami conçut quelques soupçons, en raison de la mystérieuse disparition de son voisin, et qu'il les ouvrit, il s'aperçut qu'ils ne renfermaient que des pièces de dix centimes. Pourtant cette supercherie était dissimulée par deux pièces d'or placées aux deux extrémités de chaque rouleau, pour le cas sans doute où le volé eût eu la prudente curiosité d'ouvrir quelques-unes des capsules, afin de s'assurer de la présence des pièces d'or.

— Le tour est assez original, fit Constance.

— Et ne désespérez pas d'en voir bien d'autres, répondit l'Anglais, avec son flegme habituel.

— Vous êtes un alarmiste, milord, fit le vicomte? à vous entendre, on dirait, qu'en raison de l'Exposition, Paris est tout à coup transformé en une caverne de voleurs.

— Dam !

— C'est exagérer les choses.

— Qui vivra, verra, fit l'Anglais.

— Sans doute, répondit Ali-Ben ; mais, s'il ne se passe que des faits du genre de celui que vous venez de raconter, il n'y a pas tant à s'alarmer et je ne vois pas qu'il soit bien nécessaire d'être en temps d'exposition, pour que des filous adroits commettent des vols contre lesquels saurait se prémunir un enfant de deux jours.

— Que diantre voulez-vous qu'on fasse! qu'on assassine en plein jour?

— Non, mais si comme moi vous aviez été témoin de certains faits vraiment effrayants, audacieux et dramatiques, vous ne pousseriez pas ainsi les hauts cris, pour quelques milliers de francs volés à un imbécile.

— Des faits effrayants avez-vous dit? demanda Cascade.

— Oui, et audacieux.

— Et dramatiques?

— Racontez-nous cela, dit Blondine ; quant à moi, je raffole des histoires qui font peur.

— Eh bien! je connais quatre histoires qui font peur.

— Oh ! dites-nous-en au moins une, n'est-ce pas, mesdames? reprit la princesse.

— Oui, ne vous faites pas prier, fit la bande en jupons.

— Je craindrais d'effrayer lord Kervigan.

— Oh! ne faites pas attention à moi, répondit l'Anglais d'un ton légèrement moqueur; si votre histoire devient par trop terrible, je dormirai.

— Comme vous voudrez.

— Eh bien, nous écoutons.

— Avant de commencer, permettez-moi, mesdames, de vous dire que dans la première histoire, il s'agit d'une femme volée à un prince russe, et d'un pendu ressuscité. Vous voyez que cela promet.

— En effet.

— Dans la seconde il est gravement question d'un vol considérable — un demi million — accompli chez un Américain, avec des circonstances épouvantables.

— J'aime mieux la femme volée et le pendu ressuscité, fit Blondine.

— Dans la troisième histoire, reprit Ben-Ali, sans paraître avoir entendu l'observation de la vierge folle, il s'agit d'un diamant faux qui ne valait pas dix sous, vendu cent cinquante mille francs, au plus retors des juifs arabes que j'ai jamais connu.

Enfin, dans la quatrième, il est question d'une conspiration qui tendait à faire couper le cou à un riche Siamois millionnaire, dont les conspirateurs devaient ensuite se partager l'immense fortune. Ce Siamois, qui était innocent, déjoua les complots de ses ennemis et prit des mesures pour faire décapiter le plus à craindre d'entr'eux. Et bien, cet homme livré au bourreau parvint à se tirer d'affaire et vit encore, absolument comme le pendu de la première histoire.

Maintenant, mesdames, que vous savez à quoi vous en tenir sur les quatre histoires que je puis vous raconter, par laquelle dois-je commencer? décidez....

— J'en tiens toujours pour la première, fit Blondine.

— Et vous, madame? demanda galamment Ben-Ali à Constance.

www.ingramcontent.com/pod-product-compliance
Ingram Content Group UK Ltd.
Pitfield, Milton Keynes, MK11 3LW, UK
UKHW021202140726
13695UKWH00005B/2283